EUGÉNIE,

ou

N'EST PAS

FEMME DE BIEN QUI VEUT.

Evreux, de l'Imprimerie de J. J. L.
ANCELLE. — 1813.

EUGÉNIE,

OU

N'EST PAS

FEMME DE BIEN QUI VEUT.

Par M.ᵉ de C***, Auteur de Coralie, ou
LE DANGER DE SE FIER A SOI-MÊME.

Video meliora proboquè
Deteriora sequor. (Ovide).

~~~~~~~~~~~~~~~~~~~~~~~~~~~~~~~~~~~~~~

TOME II.

~~~~~~~~~~~~~~~~~~~~~~~~~~~~~~~~~~~~~~

A PARIS,

Chez Pigoreau, Libraire, Place Saint-
Germain-l'Auxerrois.

1813.

EUGÉNIE,

OU

N'EST PAS

FEMME DE BIEN QUI VEUT.

CHAPITRE PREMIER.

J'ÉTAIS devenue la propriété de madame de Luzi ; à la vérité on ne la lui disputait pas ; ma mère était charmée de n'avoir rien à faire pour moi ; et mon père, sans aucune inimitié contre moi, paraissait avoir entièrement oublié que je fusse sa fille ; quand nous nous rencontrions chez madame de Luzi, qu'il estimait beaucoup, il me faisait des honnêtetés du même ton absolument qu'il eut eu avec une étrangère ; je le trouvais de mon côté fort aimable, je me plaisais avec lui, mais je le voyais toujours indifférent à mon avenir, à ma fortune, à mon établissement, il était à demi ruiné, je ne pensais pas qu'il put rien faire pour moi, et comme j'étais heureuse du moment présent, mes réflexions à moi même ne s'étendaient pas p'us loin.

Fabrice revint et désira revenir à Verbois (nom de la terre de madame de Luzi); cette envie, aussi naturelle que raisonnable, convint d'autant mieux à sa mère, que n'ayant pas habité le château depuis long-tems, elle voulait y faire des embellissemens et des réparations. Ce travail, dans lequel Fabrice pouvait nous être utile, demandait d'autant plus d'activité que madame de Luzi, qui avait beaucoup d'apparte-

mens libres au château , avait invité
des parens et des amis qui devaient
nous donner toute la belle saison.

Nous partîmes donc dès les premiers jours de mai , laissant à Paris
M. de Luzi qui y avait ses petites ha-
bitudes , aimait l'opéra , les grisettes ,
la table et surtout à veiller jusqu'au
jour , ce qui ne convient guère à la
campagne où les véritables amateurs
aiment au contraire à se lever avec
lui.

Que j'aime à me rappeler encore
les charmantes dispositions de mon
aimable amie dans ce délicieux séjour ; sans domestique , sans suite ,
je n'avais besoin pour moi seule que
d'une cellule ; avec quel soin la
mienne fut ornée ! dans quel charmant endroit elle fut choisie ! un
des angles du château donnait sur la
partie la plus ombragée du parc ; un

A 2

gazon toujours vert était sous ma fe-
nétre , qui se trouvait au rez de-
chaussée et si basse que je pouvais
descendre par là sans aucun danger ,
je me trouvais tout de suite à l'ombre
de grands et vieux maronniers que
le plus ardent soleil ne pénétrait
jamais.

Mon petit logement n'avait à la rigueur que deux petites pièces ; une
jolie chambre à coucher dont les
meubles étaient simples et commodes ; mon petit lit blanc était charmant et presque virginal , si l'on
voulait oublier ces trois mois de pro-
fanation dont je cherchais de bien
bonne foi moi - même à écarter le
souvenir.

La seconde pièce était une jolie
salle de bains , peinte , représentant
des roseaux sur le mur , et quelques
ornemens agrestes , analogues à la

desstination du lieu. Le reste consistaitt en petits cabinets à demi obscurs, maiis réservés à la seule utilité.

Ujne porte de communication conduissait à un boudoir délicieux et parrticulièrement consacré aux souveniirs et à l'amitié ; un meuble très-élégant de satin blanc , broché en petiites roses , des draperies parfaitemeent fraiches , des glaces de tous les côtés , un demi jour ménagé avec art ;, tel était ce temple enchanteur , qu'con eut cru destiné pour l'amour et cqui ne devait pourtant recevoir quee des larmes et des regrets. Là , macdame de Luzi fort exagérée dans sa douleur , qui avait su pourtant lui imprimer un caractère sévère , loim du ridicule et sans affectation ; là , si l'on peut s'exprimer ainsi, elle pleurait pour son plaisir , sans parler de ses peines , que beaucoup de gens ne devinaient pas, la trouvant seulement d'un esprit un peu farou-che et très-original.

J'en reviens au reste du château qui était meublé avec beaucoup d'intelligence et de goût; mais le boudoir était un lieu sacré, dans lequel Fabrice même n'avait pas la permission d'entrer ; on se doute bien que le portrait de l'infidèle y était renfermé ; le joli petit bureau contenait aussi des lettres de tous les tems et de toutes les dates ; madame de Luzi avait au moins vingt ans d'amour et d'adulations à se remettre sous les yeux , tout cela devenait un aliment à sa constance , et il faut convenir que mon cynique amant , qui avait triomphé sans délicatesse , joui sans amour, qui m'avait quittée sans mé-nagement, ne me laissait qu'un péni-ble et humiliant souvenir , auquel je

ne pouvais ni ne devais raisonnable-
ment sacrifier ma vie : il est donc
vrai que mon amie, en consacrant
cette solitude à nos douleurs se-
crettes, se trompait un peu sur la
disposition de mon âme, qui recevait surtout en ce moment une impression vague mais profonde de
l'approche du printems.

Cette délicieuse promenade, parée
de toutes les richesses de la nature,
quoique rassemblées par tous les secours de l'art, me procurait des
jouissances réelles ; des bosquets de
lilas commençaient à parfumer l'air
et à offrir leur ombrage flatteur ; la
joie vive des oiseaux en liberté,
chantant, aimant, renaissant avec
la nature, ouvrait mon cœur à l'espérance et à l'amour.

Si cette influence de la saison agit
encore sur moi aujourd'hui où les

années ont élevé leurs éternelles bar-
rières entre le plaisir et moi, qu'é-
tait-ce à dix-huit ans, où toutes mes
sensations étaient si vives et si peu
exercées ! Il faut donc l'avouer ici,
dussé-je éloigner de moi ces gens à
principes, qui pensent qu'on n'aime
qu'une fois, qui couvrent de leur
indulgence une première erreur, et
portent anathème contre qui sait
oublier un premier amour ; il faut
l'avouer, déjà mon faible cœur cou-
vait en silence un sentiment puissant
qu'il n'osait se nommer à lui-même,
et qu'il dissimulait encore plus à l'objet qui l'avait fait naître.

Ah ! n'était-ce pas aller moi-même
au-devant du malheur que de distin-
guer ce jeune et froid Fabrice, d'une
figure aimable, d'un esprit piquant,
d'une conduite irréprochable à la
vérité, mais inaccessible au pouvoir

de la beauté , souriant dédaigneuse-
ment aux prévenances de la coquetterie , doutant avec franchise qu'il
put inspirer de l'amour , mais tout
prêt à rougir qu'on put seulement
l'en soupçonner.

Sa réserve depuis son retour était
la même , mais c'était quelque chose
au moins que parmi de jeunes femmes
et de fort jolies demoiselles qui
étaient au château , il ne distinguât
aucune d'elles ; madame de Luzi
cherchait à surprendre son secret ,
elle le faisait surveiller et suivre , et
pensait quelquefois que les jolies
grisettes qui occupaient les mansar-
des avaient peut-être obtenu la pré-
férence sur de belles dames qui
auraient exigé beaucoup d'assiduités
et de soins.

Les recherches furent inutiles ;
Fabrice ne s'occupait que des ou-

vriers et des fleurs ; son herbier à la main , il s'égarait dans la campagne , admirait la nature , l'étudiait , et pourtant semblait n'avoir avec elle d'autres rapports que ceux de l'esprit ; triste prestige ! où tous nos regards étaient trompés.

CHAPITRE II.

La douce rêverie, l'attrait de la solitude , un penchant plus vif à la
bienfaisance , voilà les premiers
symptômes d'un amour naissant ,
voilà ceux que j'éprouvais , sans savoir que j'aimais Fabrice , sans prévoir qu'il dût m'aimer aussi , me
renfermant en moi-même où je trouvais le bonheur sans le soumettre à
aucune définition. Un soir que j'avais
erré dans le parc seule et préoccu-
pée , j'entrai dans un joli labyrinthe,
assez éloigné du château , et où je
m'étais perdue et retrouvée cent fois.

La fin du jour m'y surprit , j'étais
extrêmement poltronne , et ce fut
sans doute à mon trouble que je
dus l'impossibilité de retrouver mon

chemin. Je marchai plus d'une heure, me retrouvant toujours au point d'où j'étais partie, perdant de vue par degrés tous les objets qui pouvaient me diriger ; n'entendant rien et disposée à m'effrayer également ou de ce profond silence, ou du plus léger bruit.

Pourtant redoutant par-dessus tout de passer la nuit dans le labyrinthe, je réunissais mes forces, et dans l'espoir qu'il pouvait passer quelqu'un, j'appelais à mon secours.

Je distinguai en effet les pas d'un homme qui paraissait assez proche de moi ; cette certitude de ne plus être seule devait me rassurer, mais par un de ces désordres d'esprit qui sera compris de ceux qui ont le malheur de connaître la peur, mon effroi redoubla, je me serrai contre un arbre, je n'ose respirer, je n'ap-

pèle plus, mes jambes fléchissent....
Des bras caressans préviennent ma
chûte, je me sens amoureusement
pressée contre un cœur qui bat autant
que le mien ; et d'une voix émue,
qui prête tant d'éloquence aux paroles les plus simples, j'entends ces
mots, à peine prononcés, c'est vous,
mon Eugénie, c'est vous ici !

Mon Eugénie ! et qui vous le fait
croire ? qui vous autorise à le dire
que je suis *votre* Eugénie ? Voilà
ce que je devais dire et penser moi-
même, et voilà précisément ce qui
ne me vint pas même à l'esprit.

Le modeste Fabrice, que le lecteur
devine sans doute, et que mon cœur
avait deviné aussi, ne pouvait de la
vie être taxé de fatuité ou d'imprudence ; son œil intéressé avait peut-
être pénétré le secret que j'ignorais
moi-même ; mais quoiqu'il en fut,

cette expression de tendresse échappait à son âme, vraiment le siége de la sensibilité et de la candeur.

Ah ! malheur à qui sait dans de pareils momens ce qu'il doit dire ou ce qu'il doit taire ! qui sait étouffer la joie et la surprise d'un bonheur inattendu et sans bornes ! Malheur à ces femmes froides qui ont des phrases toutes prêtes et dictées par les puériles conventions de la vanité ou du monde, celles-là n'ont pas senti, n'ont pas aimé, elles n'ont pas eu dans toute leur vie une étincelle de la félicité suprême qui m'anéantit en ce moment. Ce doux souvenir est encore là..., et c'est en me rappelant sa vive impression que je perds la faculté de la peindre..... Fabrice m'avait donné, Fabrice avait reçu de moi ce baiser électrique qui équivaut à tous les discours, à tous les

Nous entendîmes du bruit dans le parc, j'étais sortie du labyrinthe, le clair de lune me dirigeait vers le château ; nous craignions également, Fabrice et moi d'être reconnus ensemble, il me serra la main avec force, la pressa sur son cœur, et me dit seulement : aujourd'hui et à minuit!....

CHAPITRE III.

Madame de Luzi s'était apperçue de ma longue absence, elle me cherchait avec la plus vive inquiétude, et sensible aux larmes de joie qu'elle versait en me revoyant, l'amitié suspendit un moment le trouble que m'avait laissé l'amour.

Je racontai mes courses au labyrinte et ma frayeur lorsque je m'é-

tais sentie égarée, on finit par rire
de toutes les suppositions qu'on avait
faites en ne me trouvant nulle part.

On me gronda, on m'embrassa,
et l'on fut se mettre à table avec les
habitans du château, qui soupaient
régulièrement à dix heures.

Fabrice, que j'osais à peine re-
garder, me rassura par sa conte-
nance calme et tranquille ; ce jeune
homme, sans nulle fausseté, avait
pris une telle habitude de se contraindre, pour éviter les regards
inquisiteurs de sa mère, qu'il eut
été impossible de le pénétrer en ce
moment.

Moi-même, dont l'agitation était
extrême, je ne le reconnaissais plus,
je me demandais si ce qui venait de
se passer au labyrinthe n'était pas un
rêve enfanté par le trouble de mon
imagination ; viendrait-il à minuit ?
avais-je

nance calme et tranquille ; ce jeune homme, sans nulle fausseté, avait pris une telle habitude de se contraindre, pour éviter les regards inquisiteurs de sa mère, qu'il eut été impossible de le pénétrer en ce moment.

Moi-même, dont l'agitation était extrême, je ne le reconnaissais plus, je me demandais si ce qui venait de se passer au labyrinthe n'était pas un rêve enfanté par le trouble de mon imagination ; viendrait-il à minuit ? avais-je bien entendu ? et ce souper était éternel ! quel appétit avaient tous les convives, quelle fatigante soirée !

Enfin il fallut prendre patience et qui plus est, attendre encore que chacun eut fermé sa porte, que les domestiques eussent fini leur ouvrage, que mon amie, sans nulle

méfiance, eut causé une demi-heure
dans ma petite chambre où je restai
enfin seule, tranquille et en état de
raisonner, par l'excellente raison
que Fabrice n'était pas là.

Ce fut alors que je me repentis de
la facilité avec laquelle j'allais recevoir ce jeune homme, amoureux il
est vrai, mais sévère dans ses principes, et dont l'estime ne m'était
pas moins nécessaire que l'amour !

Fermer ma porte était possible
encore, mais cela pouvait passer
pour un caprice, pour une affectation, et je savais que mon jeune
ami les détestait souverainement.

D'ailleurs, si le profond mystère
qu'exigeait notre bonheur ne me
laissait aucune liberté de l'entretenir
le jour, il devenait simple de le recevoir la nuit, et je ne pensais pas

qu'il fut bien difficile de nous com-
porter avec décence et sévérité.

Ce beau raisonnement m'ayant rassurée , je crus qu'un des moyens de
prouver évidemment à Fabrice la
pureté de mes intentions était d'a-
bord de ne point me déshabiller , et
sous le rempart impénétrable d'une
légère robe de mousseline , je m'assis
sur le bord de mon lit.

La petite porte de la salle de
bains resta entr'ouverte , ma veil-
leuse était allumée , toute autre lumière éteinte , et j'attendais *minuit* ,
heure consacrée aux revenans , (qui
sont pourtant bien moins exacts que
les amoureux.)

J'avais la ferme résolution de ne
point m'endormir , mais ma résolution eut tort , et je tombai dans ce
premier et profond sommeil de dix-
huit ans , que l'inquiétude de l'es-

prit n'a pas encore le pouvoir de troubler.

Fabrice entra doucement, je ne l'entendis pas, il éteignit ma lampe, m'éveilla avec précaution, obtint la permission de causer tout près de moi; mais bientôt il perdit la raison et me la fit perdre..... L'aimable Fabrice qui n'était ni libertin, ni homme à système, n'érigea point en principes notre commune faiblesse.

Sa douce et simple logique consistait à observer que nous n'avions ni l'un ni l'autre de sermens à garder ou à trahir, aucune propriété plus légitime, plus naturelle que nous-mêmes, que nous abandonnions librement et sans aucun autre intérêt que celui de l'amour; nous fîmes le serment d'y être à jamais fidèles, et ce serment était sincère comme notre

cœur , comme notre bonheur lui-
même.

Nous convînmes de nous com-
porter avec la plus extrême prudence , de ne nous jamais chercher
dans le jour , mais de nous réunir
toutes les nuits à la même heure :
Nuits heureuses et qui devaient répandre le bonheur sur notre vie
entière.

Six mois s'étaient déjà écoulés sans
que rien eut porté atteinte à notre
félicité , loin que nos caractères
fussent incompatibles comme nous
l'avions cru autrefois , il était impossible de trouver une plus grande
harmonie dans nos principes et dans
nos sentimens , point de jalousie
dans Fabrice , quoique j'eusse plusieurs adorateurs assez aimables pour
l'inspirer ; point d'inquiétude de mon
côté , au milieu des femmes char-

mantes , et à qui l'invulnérable Fabrice donnait le plus indiscret dépit; point de dégoût, de satiété, l'aimable voile du mystère donnait un charme particulier à notre union , point de domestique ni d'ami dans la confidence , le ciel, Fabrice et moi !

Mes jours n'étaient pas moins heureux par l'amitié que mes nuits par l'amour ; madame de Luzi m'avait vue refuser bien franchement des hommages très - flatteurs , elle y voyait la constance de mes premiers sentimens , la certitude de remplir uniquement mon cœur ; elle me plaignait avec tant d'estime , tant d'intérêt de mes anciens chagrins , (auxquels je ne songeais presque plus) qu'il m'était impossible de la désabuser.

Madame de Luzi n'était pas sans faiblesse ; elle avait celle de croire

qu'elle était impossible à tromper,
et surtout par des enfans comme
nous ! lui laisser connaître le contraire était la frapper à l'endroit sensible, et l'amour propre encore se
mettant à l'abri, elle n'eut avoué
sa sensibilité qu'à notre dissimulation, crime nécessaire sans doute,
mais que me rendait bien pénible
son inexplicable confiance en moi.

Que je souffrais surtout quand
madame de Luzi se plaignait de la
profonde indifférence de son fils ;
quoiqu'elle l'aimât elle-même fort
tendrement, elle ne s'en croyait pas
aimée, accusait son cœur et l'éloignait d'elle, encore par cette méfiance si affligeante à combattre, si
difficile à écarter. Hélas ! je n'avais
qu'un mot à dire, et elle eut connu
dans son fils l'âme la plus ardente,
la plus tendre, la plus délicate, la

plus reconnaissante des bienfaits de l'amour , mais ce mot était impossible à dire , il nous perdait tous deux.

Un événement terrible pour notre bonheur éclaira sur notre intelligence des gens très-intéressés à la rompre ; j'arrive donc à regret à ce moment qui va terminer sans retour les plus heureux jours de ma vie.

CHAPITRE

CHAPITRE IV.

Du nombre des personnes qui occupaient le château de Verbois en
ce moment ; étaient monsieur et madame d'Harlem.

M. d'Harlem avait épousé en premières noces une sœur de M. de
Luzi , morte en couche ; il avait fait
depuis , un mariage de fortune avec
une demoiselle de Marseille , qui ha-
bitait avec lui ce pays. Se trouvant
appelé pour un procès essentiel à
Paris , M. d'Harlem très-bien avec
son beau-frère , avait demeuré chez
lui avec sa femme , avec laquelle
j'étais parfaitement bien ; par des
motifs que je ferai connaître plus
tard.

Le grand procès était gagné, et en

conséquence de l'amélioration que cela donnait à la fortune , madame d'Harlem voulait faire quantité d'emplettes à Paris , avant de retourner briller dans sa province ; madame de Luzi avait aussi des visites , un dîner et des politesses à rendre aux personnes de sa connaissance qui s'étaient intéressées dans cette affaire.

Bref , M. de Luzi nous demandait à Paris ; et le lendemain nous y étions tous , laissant pour quelques jours les habitans de Verbois maîtres du château, où régnaient habituellement l'ordre , l'abondance et la plus grande noblesse dans tous les procédés. Cet arrangement, qui me plaisait sous plusieurs rapports , m'inquiétait sous un seul.

Je craignais qu'il ne me fut pas possible de donner mes nuits à Fabrice aussi facilement à Paris qu'à Verbois; ce doute obscurcit toute la gaîté du voyage, résolu si subitement, que je n'avais pu me rencontrer un instant seule avec mon ami.

Pourtant à la fin du jour, il me glissa adroitement un billet par lequel j'appris qu'une petite porte de mon cabinet de toilette, dont on ne faisait pas d'usage, communiquait à un escalier dérobé et de là chez Fabrice....

Me voilà rassurée, contente, heureuse surtout de voir que mon jeune ami n'attachait pas moins d'importance que moi-même à l'absence d'une seule nuit.

Cette inquiétude passagère accrut encore notre empressement à nous rejoindre, jamais nous n'avions mieux éprouvé notre tendresse et le désir de nous voir.

Pendant cette nuit délicieuse, aux doux épanchemens de notre cœur se joignit encore un des biens les plus réels de l'homme, celui de ne pas connaître l'avenir.

Cet avenir redoutable, qui devait rompre des liens si chers, était pourtant tout près de nous, et notre félicité, qui n'était déjà plus qu'une erreur, devait s'anéantir avant la fin du jour.

M. de Luzi avait pris beaucoup d'amitié et d'intérêt pour moi ; il avait même essayé un moment de me plaire sous des rapports plus intimes que ceux de la simple amitié ; cela n'avait pas réussi, mais ne nous avait aucunement brouillés.

Nous étions gais tous les deux ; il venait à toute heure dans ma chambre quand j'étais à Paris, et ma liaison avec son fils, comme ses

excellens procédés , m'attachaient
doublement à lui.

Je ne fus donc ni inquiète , ni
surprise de le voir entrer familière-
ment chez moi ; il me demanda de
mes nouvelles amicalement , et si
j'avais bien dormi la nuit.

— Pour moi , me dit-il , j'ai été
jusqu'au grand jour dans une agitation cruelle : heureusement que le
clair de lune était superbe , le tems
fort beau pour la saison , et j'ai passé
même une partie de la nuit à cette
croisée.....

Cette croisée était au fond d'une
cour assez étroite , un étage plus
haut , et absolument en face de la
mienne.

Un coup d'œil rapide me la fit re-
marquer ; et pour mieux cacher
l'inquiétude qui commençait à me

saisir , j'en affectai beaucoup sur
la santé de M. de Luzi.

— Oh ! ce n'est rien , me dit-il : je
me suis même endormi sur le matin
et j'ai fait un rêve si suivi que je
n'aurais pas été plus frappé de la
réalité même ; il faut que je vous le
conte , dit M. de Luzi en s'asseyant.

— Ce rêve vous a donc bien tourmenté ?

— Mais oui , me dit-il en souriant ;
et quoique je ne sois plus jeune , il y
a encore de certaines images qui
font beaucoup d'impression... : il y
avait surtout dans ce rêve-là un rôle
que j'aurais bien mieux aimé que le
mien.....

Je n'étais pas tranquille et je n'avais
nulle envie d'entendre le rêve , mais
il n'y avait pas la moindre apparence
que M. de Luzi voulut me l'épargner :
je me résignai donc et j'écoutai.

—Oui, ma belle amie, continua-
t-il, ce rêve doit vous intéresser, car
il vous concerne fort....

Et après toutes ces phrases, de
courts momens de silence.... qui
annonçaient de l'embarras, et semblaient me dire.... ne devinez-vous
rien?...—Imaginez-vous, reprit M.
de Luzi, que vers les quatre heures
du matin je croyais voir monsieur mon
fils descendre de chez lui, vêtu d'une
simple robe de chambre de bazin
blanc, un mouchoir autour de la
tête, un bougeoir à la main...,
et dans tout l'équipage d'un jeune
homme qui cherche un autre lit que
le sien.... Il descendit je ne sais quel
petit escalier tournant, mais qui doit
conduire si je ne me trompe à votre
chambre à coucher....; j'ai suivi
quelque tems la lumière, qu'une
jeune et jolie petite femme, vêtue

aussi très-légèrement, est venue
souffler dès que Fabrice a eu fermé
la porte.

La saison ne comportait pas qu'on
reçut ainsi ses visites au milieu de la
chambre et dans un tel costume,
aussi l'un et l'autre se dirigèrent vers
l'alcôve, dont les rideaux ainsi que
ceux de la croisée restèrent entièrement ouverts.....

Il paraît que mon fils et cette jeune
personne ayant l'habitude de se rencontrer souvent dans le même lieu
et à de semblables heures, avaient
oublié les précautions d'usage...

Il est facile d'imaginer ce que je
souffrais pendant un tel récit ; je
sentais mon visage rouge et brûlant
comme le feu ; et, redoutant de plus
longs détails, j'eus pourtant la force
d'interrompre M. de Luzi.

— Cher comte, lui dis-je, voilà un singulier rêve ; mais vous ne prétendez pas sûrement me le conter jusqu'au bout..., il y a des choses...

— Oh ! c'est vrai, ma chère amie, il y a des choses.... qui ne sont pas d'une exacte décence..., deux jeunes gens ainsi la nuit...., et mon fils qui paraît si froid..., qui ne peut souffrir les femmes.... ; ce n'était pas comme cela dans mon rêve, je vous jure..., c'était un diable.

— En effet, dis-je, j'ai toujours oui dire que les rêves valent souvent mieux que la vérité.

— C'est le contraire ici, ajouta-t-il malignement, il y a bien des réalités qui ne valent pas mon rêve ; mais attendez donc Eugénie, attendez la fin.

— Mais je pense bien que vous y

êtes à la fin, repris-je en me levant avec un peu d'impatience.

— Oh ! sans doute, dit M. de Luzi froidement, le jeune homme finit.... mais... — Cher comte, dis-je en tremblant, que signifie donc cette plaisanterie qui.... — Achevez, Eugénie, achevez, qui... vous met au supplice et ne serait en effet que cruelle si elle ne devait amener une explication plus essentielle et plus sérieuse. Hé bien ! Eugénie, me dit-il en me prenant les mains dans les siennes, et avec affection, à présent que nous sommes tous éveillés, parlons raison.

Profondément touchée de tant d'indulgence et de bonté, étant très-assurée que M. de Luzi n'était pas conduit par de simples soupçons, qu'il avait vu lui-même, je me sentis bien coupable envers lui ; j'avais à obtenir la grace de son fils et la mienne ; je voulais me jeter à ses pieds , M. de Luzi ne le souffrit pas ; et d'un ton paternel que je n'oublierai jamais , il me tint ce discours.

— Eugénie , me dit-il , vous avez trouvé dans notre maison l'asile de la plus pure , de la plus tendre amitié. Madame de Luzi vous chérit peut-être plus tendrement que Fabrice même ; elle met tout son bonheur à embellir votre vie , se croit dépositaire de vos moindres secrets, comme le premier objet de vos affections... , répondez-vous à sa confiance? avez-vous respecté , Eugénie, la sainte hospitalité que vous avez trouvée ici? espérez-vous enfin, sans aucune fortune , devenir l'épouse de mon fils ?

— Non! non ! m'écriai-je , baignée de larmes , je refuserais moi-même

une alliance qui me serait si chère ,
mais dont mon mauvais sort me rend
indigne.

— Et vous consentez ainsi , Eugénie , à vivre la maîtresse de mon fils ?

— Mon respectable ami je l'aime..

— Je le pense bien , reprit-il un
peu ému , et je ne doute pas qu'il ne
vous aime aussi , et c'est par cette
raison même que vous détruisez toutes mes espérances à son égard : depuis quelques années nous avons fait
des pertes considérables , une dépense au-dessus de nos facultés ;
malgré cela , Fabrice , par sa naissance , par sa bonne conduite et
par les avantages d'un extérieur aimable , peut encore trouver un parti
avantageux. Le désir de le voir bien
établi n'est-il pas le vœu le plus juste ,
le plus vif d'un bon père ?

— Et si Fabrice m'aime en effet ,

s'il ne peut être heureux avec une
autre ?

— Alors Eugénie , dit le comte
d'un ton sévère, il se révoltera contre
notre autorité sans jamais la soumettre ; alors , pour prix de nos
soins, de notre tendresse , vous aurez
apporté ici le trouble , le scandale ,
le déshonneur pour vous , et le désespoir pour nous tous.

— Oh ! monsieur , lui dis-je en
me jetant dans ses bras , ne m'en
croyez pas capable , disposez de
moi , parlez , qu'ordonnez-vous ?

— Je n'ordonne pas Eugénie , je
parle en ami.. , en père..; avez-vous
jamais réfléchi sur les suites allar-
mantes qui pouvaient résulter de votre union avec mon fils , à votre âge
et au sien , où les passions ont tant
d'empire , où il est si difficile d'accorder la prudence avec le désir ;

qui vous assure que vous ne viendrez point mère ! alors Eugénie, alors que ferez-vous !

— Ne me parlez point de mes propres dangers, monsieur, je sens toute l'étendue de mes torts, dois-je vous quitter à l'instant ? qu'exigez-vous ?

— Non, non, me dit cet excellent homme, en m'embrassant, vous ne nous quitterez point, ma femme ignorera tout ceci ; et dans le juste repentir que doit vous donner votre faute et ma confiance, vous trouverez en vous-même la force de ne plus la renouveler.

— J'en fais serment, dis-je avec un enthousiasme qui m'empêchait en ce moment de sentir toute l'étendue de mon sacrifice ; une seule grace me reste encore à demander au meilleur, au plus généreux des hommes...

— Parlez Eugénie , il m'en coû-
terait beaucoup de vous refuser quelque chose.

— Permettez moi encore une fois ,
et ce matin même , de revoir vôtre
fils en particulier , de lui faire connaître ma résolution , de recevoir
ses adieux et de confondre encore
un moment mes larmes avec les
siennes... et les sanglots me suffo-
quaient.

— Je vais vous l'envoyer , me dit
M. de Luzi ; cette faiblesse paraîtrait
peut-être blâmable ; mais quand
j'exige de vous un si grand effort ,
vous avez droit d'attendre quelque
chose de moi.

M. de Luzi qu'une grande gaîté ne
rendait pas insensible , me pressa
contre son cœur, et me quitta doublement ému de mon chagrin et de
ma résignation.

Fabrice ne tarda point à me rejoindre ; son père l'avait prévenu et avait employé pour lui comme pour moi, le noble et puissant moyen de la confiance.

Je ne veux point affliger mon imagination en rappelant tous les détails douloureux de cette séparation, qui était devenue à demi volontaire.

Nous nous rendîmes nos sermens avec la même bonne foi que nous avions mise à les faire. Nous nous promîmes une éternelle amitié ; mille caresses innocentes suspendirent l'instant de notre séparation, mais la volupté ne trouva pas place au milieu de regrets si amers.

Ce qu'il y a de vrai, c'est qu'honorés de la confiance de M. de Luzi, nous prouvâmes tout ce qu'elle peut sur les cœurs délicats.

CHAPITRE

CHAPITRE V.

Si les amans savaient ménager dans une rupture les mauvais procédés qui blessent la délicatesse et l'amour-propre, éviter les trahisons qui irritent et qui outragent, il serait souvent possible de passer d'un sentiment vif et passionné, à la douce et confiante amitié ; on verserait encore des larmes, il est vrai, mais elles seraient sans fiel, sans violence, et l'ouvrage assuré du tems serait devancé par les efforts de la volonté et de la raison, c'est ce que j'éprouvai en renonçant au suprême bonheur d'appartenir à Fabrice.

M. de Luzi, en ne nous séparant pas, nous avait laissé le mérite de nos sacrifices ; nos regrets étaient mutuels , mais il s'agissait d'obéir à un père indulgent , qui attendait sur la foi de nos sermens un effort qu'il avait bien droit d'exiger de nous.

Le seul point où je crois aujourd'hui qu'il ne tint pas entièrement sa promesse , c'est sur le silence qu'il nous avait promis vis-à-vis de madame de Luzi.

Connaissant et jugeant assez mal son caractère , il ne prévit pas sans doute quelle impression lui ferait cette confidence , et crut assez faire pour nous en exigeant d'elle qu'elle ne nous parlât de rien : mais je m'apperçus bientôt d'un refroidissement sensible , d'une surveillance qui devenait injurieuse, quoiqu'à dire vrai, elle fut assez justifiée par la longue dissimulation que nous avions eue avec elle. Fabrice , malheureux près de moi , qu'il ne voyait pas un seul

instant en particulier , s'éloignait
presque tous les jours de la maison ;
et nos yeux , quand il y était , ne se
rencontraient guères qu'ils ne se rem-
plissent de larmes.

Mon amie retourna à Verbois ; mais
son fils resta à Paris, d'après notre
commun désir. Ce séjour enchanté
ayant perdu le plus grand charme
que lui prêtait l'amour , que faire
auprès de mon amie qui connaissait
mes peines et à laquelle je cherchais
constamment à les cacher ? parler du
comte de Ligni du même ton que je
l'avais fait autrefois , eût été une
fausseté haïssable et qu'aucun intérêt
ne m'eût appris à soutenir ; lui avouer
mon second amour , c'était m'expo-
ser à rougir toute ma vie vis-à-vis
d'elle , qui m'aurait pardonné toute
fois ; mais avec ce mépris profond

que je lui connaissais pour ces sortes
de faiblesses.

Son orgueilleux pardon aurait ex-
primé vingt fois le jour : « — Je ne
» comprends pas cela... , je vous
» plains si vous souffrez , mais j'a-
» voue que ce mal-là , qui prend si
» fort et se guérit si vîte , ne me pa-
» raît digne d'aucun intérêt. »

Si je n'avais eu à braver que des
reproches , que de la colère , j'aurais
parlé , j'aurais avoué ma faute , mais
on m'eut fait grace avec raillerie ou
pitié ; frappé de cette pénible crainte,
le cœur est froissé , et la confiance ne
renaît plus. J'ignore comment nous
serions sorties de cette situation pénible pour toutes les deux , sans
une circonstance assez malheureuse
en elle-même , mais qui , sans nous
brouiller , nous sépara pour long-
tems.

Je m'étais promenée toute la soirée dans le parc, seule avec le souvenir de Fabrice, auquel j'avais renoncé de bonne foi, mais que je pleurais amèrement.

En rentrant au château, mon pied rencontre une pierre, je tombe de ma hauteur seulement, mais le corps en avant, sur la première marche d'un escalier.

Je ne sais si je me fis beaucoup de mal dans le moment, mais je restai sur la place sans connaissance, quoique je ne fusse blessée nulle part ; un domestique vint à passer, me releva, me secourut ; et, revenue bientôt à moi, j'assurai que je n'avais aucun mal et ne voulus pas me laisser saigner par un reste d'enfantillage qui me faisait craindre mortellement cette petite opération.

Madame de Luzi, qui n'était pas

tellement changée qu'elle ne m'aimât
beaucoup encore , me témoigna une
vive inquiétude ; je crus un moment
avoir retrouvé toute sa tendresse ,
mais qu'est-ce que l'amitié sans la
confiance , dont elle est le premier
et presque le seul aliment ?

Quelques jours s'écoulèrent sans
que je me plaignisse , quoique je
souffrisse beaucoup de la poitrine ;
j'eus un vomissement de sang , de
fortes douleurs dans le dos , une petite fièvre , et tout cela fut déclaré
mortel en moins de huit jours. Madame d'Harlem , cette parente de
madame de Luzi , dont j'ai déjà dit
un mot en passant , fut pénétrée de
douleur en connaissant la décision
des médecins ; elle assura que c'était
des ignorans qui me laisseraient en
effet mourir , tandis qu'elle connaissait à Marseille un médecin très-

habile et qui me sauverait sûrement.
Elle observa que le changement d'air
et la beauté du climat serait pour moi
d'un avantage inappréciable , enfin
qu'elle pouvait avancer et faire tout
de suite ce voyage qu'elle devait entreprendre un mois plus tard.

Elle m'offrait sa maison et ses
soins avec toute la chaleur d'une
femme vive et sincère, et qui ne veut
pas être refusée.

Cette disposition si favorable des
femmes à mon égard fut remarquable
à toutes les époques de ma vie , et
toute flatteuse qu'elle m'ait toujours
parue , je l'ai due à de si petites cau-
ses que je n'oserais m'en faire valoir.

Je n'ai jamais été jalouse d'aucune
femme , jalouse au moins des avantages extérieurs ; (car je le fus beaucoup par la suite dans toutes les
rivalités qui appartiennent à l'amour);

du reste, j'aimais à les faire briller, capable de dire dans l'occasion un mot piquant, je savais le sacrifier à la crainte de blesser ; enfin je crois que j'étais bonne, très-bonne, et ce mérite obscur me fit souvent aimer de mon sexe, qu'à parler franchement je n'aimais pas beaucoup moi-même.

Je vais ajouter ici ce qui m'avait valu l'affection si décidée de madame d'Harlem, qui n'était ni sensible, ni bonne, ce que je dis à regret, et seulement en me rappelant la fidélité que doit avoir un historien.

Madame d'Harlem avait de longs cheveux dorés, ce qui pouvait être fort beau dans un autre pays que le nôtre, mais dont la couleur ardente ne passait pas pour une beauté, ni à Marseille, ni à Paris.

Elle était de plus un peu contre-faite

faite et mise à la torture dans des corsets mal faits , cette disgrace paraissait doublement.

Dès le lendemain de son arrivée chez madame de Luzi , je fis toutes ces remarques , et au risque de lui déplaire par cet excès de franchise , je me rendis à sa toilette , je lui proposai sans détour un coiffeur habile et discret qui, à l'aide de je ne sais quelle eau nouvellement découverte, changerait miraculeusement la couleur de ses cheveux.

J'offris un tailleur adroit qui rendrait toutes les graces de l'abandon à cette épaule peu régulière; enfin, je m'emparai de sa confiance, de sa parure; et je rendis dans peu de jours madame d'Harlem une femme méconnaissable , dont je gardai fidèlement tous les petits secrets , et qui étant fort blanche et assez jeune

encore , pouvait passer pour à peu
près jolie.

Que de femmes , sans mentir ,
promettraient bien leur amitié pour
une semblable métamorphose !

Mad. d'Harlem , qui avait toujours
habité la province, n'y avait vu aucun
exemple de tant de franchise et de
bonhomie , et la nature du service ne
lui permettant pas une reconnaissance bien authentique , elle saisit
avec vivacité cette première occasion
de s'acquitter.

Pour mad. de Luzi, qui ne m'eut
pas laissée m'éloigner d'elle pour
rien au monde quelques mois plutôt , se borna à répandre des larmes ,
à prêter son excellente berline pour
que je voyageâsse lentement et com-
modément , à prier son beau frère
de n'épargner ni soins , ni dépenses
pour me sauver.

Le bon Fabrice , dont j'avais reçu secrètement une lettre , me suppliait aussi de partir et de m'occuper uniquement de ma santé ; cette lettre, remplie de l'intérêt le plus tendre , m'aurait guérie si la cause de mon mal eût été moins grave ; au moins elle me décida à partir.

L'imprudence d'un enfant devant lequel on avait parlé de la consultation, m'avait instruite de l'arrêt porté contre moi, mais quoique très souffrante en effet , je n'en étais pas allarmée , et j'en appelais à la nature qui n'est pas toujours d'intelligence avec la faculté.

Cela me donne occasion de réfléchir sur l'opinion générale, que les jeunes gens, qui ont tant de motifs de tenir à la vie, ne paraissent presque jamais redouter la mort.

Il me semble que la raison de cette

E 2

singularité , vient de ce que rigoureu-
sement parlant , ils n'y croient pas.

Ils sentent en eux toute la puissance
de la vie , portent jusque dans les
douleurs physiques , cette confiance
morale qui caractérise spécialement
la jeunesse , qui ne conçoit pas encore l'injustice , et n'en attend ni
des hommes , ni des choses.

C'est d'après cette impression ca-
chée au fond de mon cœur , que
j'espérais vivre encore, par la raison
que je n'avais pas vécu et que la
bienfaisante nature devait toutes ses
ressources à mes dix-huit ans à peine
révolus.

Je partis donc ; je soutins fort bien
la route , et j'allai au-devant du beau
soleil de Marseille , qui me fit long-
tems plaisir avant d'opérer le bien
que j'attendais de lui.

CHAPITRE VI.

Dès que nous fûmes arrivées, madame d'Harlem envoya chercher Monsieur Savoie, médecin très-sage, qui méritait de la réputation, et n'en avait pas.

Ce bonhomme déjà bien âgé, me fit beaucoup de questions, essaya pendant trois jours d'un remède, qui me fit du mal, l'interrompit le quatrième, et prononça d'une manière très-affirmative sur mon état.

Je n'étais point attaquée de la pulmonie, comme on le croyait à Paris; mais la chûte que j'avais faite, avait produit un dépôt assez considérable, et vers lequel il fallait diriger tous ses soins.

L'exercice du cheval entrait par

E 3

ticulièrement dans le système de
Monsieur Savoie , qui me voyait
assez de force pour le supporter.
Bref, la nature aidée d'un homme
habile, et qui ne la contrariait pas ,
fit tout ce qu'elle devait faire ; et
je fus radicalement guérie au bout
de six semaines , sauf les ménagemens auxquels encore je ne me sou-
mettais qu'à demi.

Je me dépêche de finir cet article
indispensable , pour faire connaître
ce qui m'avait amené chez monsieur
et madame d'Harlem , qui par la dif-
férence extrême de leurs caractères,
la bizarrerie de leur union et leurs
longues relations avec moi , méritent
un souvenir particulier dans cet ouvrage. Mademoiselle d'Ancéni (alors
madame d Harlem), d'une bonne famille de robe , avait été mise au couvent dès sa première enfance; sa

mère , idolâtre d'une autre fille charmante , et qu'elle voulait favoriser ,
avait destiné celle-ci au cloître.

Sa vocation ayant paru utile à la
maison dans laquelle elle était entrée , elle y fut si heureuse, si bien
traitée , qu'elle même n'en voulait
plus sortir , et allait prendre le voile
dans peu de mois , quand les événe-
mens changèrent la volonté de ses
parens.

Mademoiselle d'Anceni l'aînée, s'é-
tait prise de belle passion pour un
artiste , qui l'avait épousée secrette-
ment et sans dot , avantage qui aux
yeux de son orgueilleuse famille , ne
balançait pas l'inégalité des conditions.

De plus, elle avait très-mal agi avec
sa mère qui, repentante de sa prédi-
lection, rappelait du couvent sa sœur
cadette, à laquelle elle voulait rendre

toute son amitié , en l'établissant avantageusement ; mais mademoiselle d'Anceni , qui se croyait déjà l'épouse du Seigneur , ne pouvait souffrir d'entendre parler de mariage : elle pleurait ses religieuses, son confesseur , détestait le monde , et méprisait les hommes , dont toutes ses pieuses compagnes lui avaient dit des horreurs.

Monsieur de Pradel , un des amis de madame d'Anceni , était oncle et tuteur du jeune comte d'Harlem, qui avait perdu ses père et mère ; ce jeune homme, ayant été privé dès son enfance des caresses maternelles , s'était livré avec passion à tous les exercices du corps ; il ne trouvait de plaisir qu'à dresser les chevaux les plus fougueux , qu'à réduire un cerf, courir un sanglier ; bravant toute l'année le chaud, le froid , la

fatigue, et ne voyant jusqu'alors dans
les femmes qu'un délassement sans
conséquence , qui ne lui plaisait
encore , qu'autant qu'il ne l'assujet-
tissait à aucuns soins. Ce furent ces
deux êtres , également éloignés du
mariage et de l'amour, que monsieur
de Pradel et madame d'Anceni, des-
tinèrent l'un à l'autre, sans leur aveu
et contre leur désir.

Après une longue résistance, tous
deux obéirent à la menace, à la crainte d'être déshérités ; et le lit nuptial
reçut dès le premier jour, les larmes
de la contrainte et du regret. Comme l'abus de l'autorité finissait là,
les deux époux vécurent sans scandale, mais sans aucune amitié : madame d'Harlem retourna dans les
églises, son mari dans les bois, et
cependant dans le cours de la première année, un quart d'heure de

rapprochement , produisit un joli petit garçon , qui n'était pas désiré , et qui fut aimé faiblement.

J'ai déjà peint le physique peu séduisant de madame d'Harlem : son mari était beaucoup mieux qu'elle, sans être pourtant parfaitement bien. Une taille assez élevée, une figure très mâle et spirituelle, des dents magnifiques et qui se voyaient toujours, l'air de la santé, de la force, tels étaient ses avantages , que balançaient une tournure un peu provinciale, et surtout une timidité sans bornes.

L'éloignement de la société était devenu naturel dans monsieur d'Harlem ; mais ce qui l'avait singulièrement accru, c'était la conduite dure et dédaigneuse de sa femme , qui le désapréciait en toute occasion , provoquait ses petites gaucheries , en les prévoyant toujours, et qui, quoi qu'elle fut très-exigeante, ne lui faisait pas l'honneur d'être jalouse, et de supposer qu'il put plaire à aucune femme, ayant la liberté de ne le pas choisir.

Madame d'Harlem, que notre intimité me permit bientôt de nommer, Cécile, ainsi qu'on la nommait au couvent, se montrait aussi bonne, aussi prévenante pour moi, qu'altière et maussade envers son mari ; je ne sais quel ascendant j'avais pris sur elle, sans le chercher, mais elle me craignait sensiblement, et l'entendant un jour frapper son pauvre fils, avec la dernière violence, je distinguai ces mots cruels :

« Si tu le dis à mademoiselle de Lomedy, je t'en donnerai le double »

Des façons si grossières, m'indignaient justement, mais l'intérêt du

malheureux enfant, me fit dissimuler et attendre l'occasion de m'entretenir seule avec le comte, dont je
ne pouvais concevoir l'inaltérable
patience.

Il arrivait très-fréquemment qu'au
retour de la campagne , ou de la
chasse, il ne trouvait que des œufs,
ou du poisson chez lui ; Cécile lui
faisait observer les jours maigres et
les fêtes, disposait seule de ses gens,
qui allaient en murmurant à l'église,
enfin tout ce que peut imaginer la
tyrannie domestique , elle l'exerçait
avec une recherche qui m'inspirait
souvent l'horreur de sa maison et le
désir de la quitter ; il me semblait
que le comte , sans manquer aux
meilleurs procédés , eut pu montrer
un peu moins de faiblesse dans son
intérieur , et je lui en parlai.

—Mon aimable amie, me dit-il, il

m'est doux de penser que vous avez
fait quelqu'attention à l'existence dé-
sagréable que j'ai chez moi; avec toute
autre femme que la mienne, je ten-
terais de la changer, mais ayant eu
pour madame d'Harlem la plus invin-
cible répugnance dès les premiers
jours de mon mariage, je ne puis
trop bien juger moi-même de ce que
je dois, en galant homme, pour son
bonheur. Ce n'est pas sans beaucoup
de peine que j'ai obtenu que notre
appartement fut au moins séparé la
nuit, si j'osais encore la contrarier
sur d'autres points, ses plaintes et sa
fureur, deviendraient un scandale
public; nos parens en seraient infor-
més, et vous savez assez combien il
me serait pénible, que l'attention se
fixât sur moi; pour Théodore je sais
qu'il n'est point heureux, et quoiqu'il m'en coûte de m'en séparer ;

j'userai de mon autorité pour le mettre en pension au premier jour.

La suite de cet entretien me fit voir dans monsieur d'Harlem , la façon de penser la plus noble et la plus délicate , un excès de sensibilité qui devait le rendre victime de tous ses sentimens, une candeur , une bonne foi, qu'il ne trouverait que rarement hors de lui-même , et qui semblaient rendre son malheur inévitable. Enfin je prévoyais tout , hors de devenir moi-même l'objet de son amour. Ma santé s'était rétablie, l'embonpoint et la fraîcheur renaissaient avec elle ; Cécile, loin d'en paraître jalouse, semblait prendre un intérêt particulier à mes succès ; elle recevait la meilleure compagnie de Marseille , et la jolie parisienne , qui y était venue chercher la vie, recevait les hommages , les bouquets et les petits vers , de

tout ce qu'il y avait d'aimable et d'é-
légant. Une existence si douce, sans
altérer mon extrême attachement
pour Fabrice, m'aidait à supporter
notre séparation ; ce qui nourrit surtout dans une jeune personne la constance de ses sentimens, c'est l'espèce de devoir ou d'intérêt, qu'elle croit
attaché à sa fidélité ; j'éprouvais tout
le contraire, et réduisant à la pure
amitié, mon extrême affection pour
Fabrice, je pensais prouver la force
de ma raison et m'en rendre plus esti-
mable aux yeux de son père, auquel
j'en avais fait serment.

Cherchant donc, de bonne foi à
me distraire, la coquetterie m'en
offrait les moyens, et Cécile, dont
l'austère piété, n'excluait pas les prétentions, passait, ainsi que moi, une
partie du jour à sa toilette, corri-
geant, ou faisant valoir l'une et l'au-

tre les agrémens que nous devions à
la nature.

Ce soin, et la dissipation dans laquelle je vivais, ne me permirent pas
d'appercevoir pendant quelque tems
l'extrème mélancolie de monsieur
d'Harlem : je ne le voyais guère que
pendant les repas, ou les heures de
la promenade; et je ne connus que
par la suite tout ce qu'il avait dû
souffrir de mon excessive légèreté.

Pour Cécile, elle remarqua la tris-
tesse de son mari : et quoiqu'elle
n'eut aucunement sujet de s'en plaindre elle n'hésita point à me dire que
c'était un homme rempli d'humeur
et qui la rendait fort malheureuse,
quoique je ne le crusse pas, et que
je parusse souvent être de son parti.

Un jour même qu'avec ses atten-
tions ordinaires, elle était venue m'ap-
porter une tasse de lait d'ânesse, que
je

je devais prendre de grand matin,
elle s'assit sur mon lit, se mit à pleurer, et me contraignit à l'interroger
enfin., sur ce qu'elle appelait ses
chagrins secrets.

Malgré l'intelligence qui paraissait entre madame d'Harlem et moi,
je n'avais aucune confiance en elle, je
lui connaissais en général une ame si
sèche, si avare d'émotions sensibles,
que je n'éprouvais jamais près d'elle
le besoin d'épancher mon cœur ; ce
n'était pas qu'elle n'eut pour moi toutes les démonstrations de la plus vive
tendresse, mais je n'osais m'y fier ;
j'étais entraînée à la reconnaissance
et m'en voulais à moi-même de n'é-
prouver qu'une bien faible amitié.

Enfin ses larmes (les premières que
je lui eusse vu verser) me touchèrent
véritablement, et j'eus l'air de désirer
cette confidence, qu'elle me destinait

probablement ; je n'ai point oublié cet entretien bizarre, où je devais encore retrouver toutes les inconséquences d'une dévotion mal entendue.

—Eugénie, me dit madame d'Harlem, vous savez que je me suis mariée à regret.... Je menais au couvent une vie si innocente, si pure, si analogue à mes goûts.... L'obéissance m'a contrainte à changer d'état.

—Hé bien ! ma chère Cécile, votre mari vous aime, vous laisse maîtresse de tout, et ses bons procédés, depuis plusieurs années, n'ont-ils pu diminuer votre éloignement. — Mon éloignement !... Mais vraiment ma chère je n'en ai plus d'éloignement.... Les mêmes choses qui seraient si criminelles dans un autre cas que le mien... deviennent permises quand le ciel les bénit... Quand la vertu l'exige...

Mais Eugénie me dit-elle, en baissant les yeux et essayant de rougir, est-ce que vous ne me comprenez pas.... Quand je vous dis que ce comte d'Harlem est un homme haïssable, un homme... qui mériterait que je fisse casser notre mariage....

Il me vint bien quelqu'idées de ce que Cécile reprochait à son mari; mais voulant m'amuser un peu de cette pruderie exagérée, j'eus la malice de redoubler d'attention en la suppliant de s'expliquer sans détour.

Elle fut donc obligée de me conter naïvement que le comte après avoir fait une chûte à la chasse, était venu lui dire qu'il s'était blessé...... mais blessé de manière qu'ils ne pouvaient plus vivre comme deux époux; et certainement elle ne s'en souciait guères...; encore cela n'était-il pas dans l'ordre; et ses pleurs recom-

mencérent. Ma qualité de demoiselle ayant exigé que je témoignasse
de mon côté un honnête embarras,
je consolai avec discrétion ma pauvre amie.

CHAPITRE VII.

JE ne savais que faire du secret de ma pauvre Cécile, n'osant réellement pas le trahir avec son mari, comme elle le désirait peut-être, et soupçonnant pourtant beaucoup que le comte n'était pas maléficié comme il le faisait croire à son épouse.

La bonne mine du comte, certain air de force et de santé, me faisaient plutôt penser qu'il avait inventé ce prétexte pour ne pas remplir ses devoirs de mari... auxquels, malgré la meilleure envie possible, on se serait pourtant soumis de mauvaise grace, et très véritablement pour l'amour de Dieu.

La grande timidité de monsieur d'Harlem redoublait ma réserve avec lui, mais jalouse pourtant de rétablir la paix de son ménage, je me promis de ramener l'époux de Cécile et de chercher pour remplir ce but, l'occasion de lui parler sans témoin.

Le hasard me l'offrit bien plutôt que je ne l'avais imaginé.

Nous avions conservé depuis ma maladie, l'habitude de monter à cheval tous les matins, monsieur d'Harlem, Cécile et moi.

Le comte était mon maître d'équitation, et il avait pris tant de soin de son écolière, qu'à cela près d'un peu de poltronnerie qui me restait encore, je m'y tenais bien, et avec le petit avantage d'une taille svelte et élancée. Cécile fort petite et mal proportionnée avait assez mauvaise grace, sur un cheval très-haut, qu'elle conduisait avec plus de force que d'adresse.

Je ne sais comment monsieur d'Harlem, toujours si obligeant envers sa
femme, s'oublia dans un moment
d'impatience, qu'il ne put réprimer ;
bref, il osa lui faire le léger reproche
de monter moins bien que moi, qui
n'avais que deux mois de leçon. Cécile qui était déjà fort mal disposée,
descendit à l'instant de cheval, quoique nous fussions à une demi-lieue
de la ville ; elle jura qu'elle n'y re-
monterait jamais, et fit au pauvre
comte une scène dont il ne pouvait
avoir autant de chagrin que moi-
même.

Je mis aussi pied à terre, et fit mille
efforts pour appaiser madame d'Harlem qui, m'embrassant avec tendresse, me jura qu'elle ne m'en voulait pas du tout.

Elle me dit même, qu'elle était de
l'avis de son mari, et avait admiré
mille fois combien cet exercice m'é-

tait favorable, mais que ce n'était pas une raison pour qu'il fit des comparaisons impertinentes avec l'intention positive de la désobliger... Enfin nous rentrâmes bien tristement, et n'ayant jamais pu la faire changer d'avis, je dis adieu le soir à mon joli petit cheval, que j'aimais passionnément, mais dont je ne croyais plus me servir.

Le lendemain à l'heure accoutumée le domestique vint m'avertir.

—Eugénie, me dit Cécile, ne recommençons pas, je vous conjure, les mêmes débats qu'hier; rien au monde ne me déterminerait à monter à cheval, et si vous vous obstinez à ne pas y monter non plus, vous me réduiriez au désespoir; l'entier rétablissement de votre santé en dépend. Aurais-je encore ce reproche à faire à monsieur d'Harlem, et voulez vous qu'il qu'il me devienne tout-à-fait impossible de le supporter.

Je me rendis dans la crainte de l'aigrir davantage, et suivie d'assez loin par le domestique qui nous accompagnait toujours, je me trouvai à peu près seule, avec le comte, dans lequel je croyais également appercevoir la joie et l'embarras.

Pourtant, ces promenades qui avaient lieu tous les jours très-régulièrement, établirent la confiance entre nous et m'aidèrent à le connaître davantage. Il y gagna, je lui trouvai un esprit naturel, que je ne lui supposais pas; sa gaîté était naïve, douce et franche, quand la timidité ne la contraignait pas.

Né honnête, élevé sous les yeux d'un parent sévère, il était aisé de voir que ses mœurs étaient irréprochables, qu'il n'avait pas la moindre

Tome II. G

idée des principes erronnés ou frivoles, que les jeunes gens de son âge
professaient ; enfin je découvris qu'il
aimait..., avec une force et une éner-
gie dont son caractère ne m'avait pas
paru susceptible ; mais, à la douleur
profonde qui accompagna cet aveu,
je crus d'abord que la mort lui avait
enlevé l'objet de son affection : il
connut ma pensée, et ne me désabu-
sa pas.

Cette sensibilité si vive m'expliqua
une partie de cette grande modération qu'il avait dans son intérieur,
et dans laquelle je trouvais une sorte
de faiblesse ; il me dit que , profondément occupé des pensées les plus
chères, il remarquait à peine toutes
ses tracasseries ; qu'il vivait au-de-
dans de lui-même, pour une idole, à
laquelle il n'avait pas au moins la

douleur d'être infidèle, et que c'était le seul point essentiel à sa tranquilité.

Je hasardai de lui demander s'il croirait mériter le reproche d'*infidélité* en accordant quelques preuves de tendresse à une épouse, qui les désirait sans doute.

—Oui, me dit-il vivement; je sais que toutes mes opinions en amour, seraient trouvées fort ridicules, si j'osais les soutenir; mais, ne pouvant être à celle que j'aime, je me haïrais d'éprouver un instant de bonheur, dont elle ne fut pas l'objet.

—Cher comte, lui dis-je, la pauvre Cécile a le droit de se plaindre de vous, car elle doit soupçonner cet intérêt qui vous éloigne d'elle...

— Non, me dit monsieur d'Harlem; car je ne connaissais pas la

G 2

femme que j'adore aujourd'hui ;
quand l'humeur de la comtesse et
mille autres motifs , dont je n'oserais me permettre le détail avec vous ,
m'avaient fait renoncer à toute intimité avec elle ; l'amour est venu af-
fermir cette résolution , et je pense
que depuis très-long-tems, elle a pris
son parti.

— Vous pourriez vous tromper ,
mon ami , votre femme vous aime.

— En quoi , Eugénie , trouvez-
vous qu'elle me le prouve ?

— Elle est blessée de vos froideurs !

— Eugénie , me dit le comte, vous
connaissez ma femme aussi bien que
moi, c'est une ame qui lui manque ;
et , quand je le voudrais moi-même ,
je ne puis entreprendre des *miracles*,
pour la créer.

— Je ne pus m'empécher de sou-
rire , et craignant que cette conver-

sation ne nous menât trop loin, je
pressai mon cheval ; il nous ramena
promptement auprès de Cécile, qui
nous attendait et nous reçut assez
bien.

CHAPITRE VIII.

INSENSIBLEMENT nos promenades avec le comte se prolongeaient beaucoup ; il connaissait le pays, et leur donnait pour but des endroits charmans, où l'épaisseur des bois nous garantissait de la chaleur du jour.

Monsieur d'Harlem, par sa tournure d'esprit exalté et romanesque, me rappellait les jours heureux que j'avais dus à l'amour ; j'éprouvais dans mon ame le vide affreux que laisse ce sentiment actif, et dont elle avait déjà connu toute la puissance.

Je suivais Cécile dans les assemblées brillantes, où elle se plaisait et où elle prétendait aller à cause de moi ; mais j'y portais l'ennui, la préoccupation ; et parmi les hommages

qui m'y étaient adressés , je n'en
distinguais aucun , à la grande surprise de madame d'Harlem , qui voulait me marier, quoiqu'elle ne trouvât
jamais personne qui fut digne de
moi.

De toutes les légèretés de ma jeunesse , la plus remarquable , sans
doute, était le peu d'inquiétude que
me donnait l'avenir.

Madame de Choisi devenue vieille
et infirme , avait adopté une jeune
personne qui, en la consolant de mon
absence , ne permettait pas de présumer qu'elle s'occupât beaucoup
de mon sort, mon père était à demi
ruiné , et conservait des goûts si dangereux et si chers, que je n'en devais
plus rien attendre.

Ma généreuse amie , madame de
Luzi, avait un époux, un fils, et n'é-

tait pas maîtresse de me rendre de services essentiels.

Tout cela devait me conduire à des réflexions fâcheuses, qui étaient pourtant fort loin de mon esprit ; toujours entourée d'amis riches et qui se trouvaient heureux de me faire partager leur aisance, le présent était tout pour moi, et la seule chose qui manquât véritablement à ma félicité, c'était d'aimer et d'être aimée.

Le comte d'Harlem, dont les complaisances étaient toujours infinies, eut encore égard au ridicule caprice qui me passa par la tête.

Malgré la douceur, l'âge et la bonne éducation de mon joli petit cheval, je m'étais fort peu aguerrie avec lui, je criais à la plus petite vivacité qu'il se permettait, mon écuyer m'en grondait bien doucement, et me persuada d'essayer quelques pas au galop, pen-

dant qu'à pied, et tout près de moi,
il tiendrait la bride de mon cheval.

Cela me parut charmant, et aux
mêmes conditions, je recommençais
tous les jours en faisant un peu plus
de chemin; enfin, le cinquième jour,
emportée par mon étourderie, qui
ne me faisait nullement calculer la
violence de cet exercice pour le comte, qui suivait mon cheval à pied,
je fis près d'une lieue de cette manière.

Mon malheureux ami abandonne
tout à coup la bride, il a pourtant
encore la présence d'esprit et la force
d'arrêter l'animal, que j'avais fort
animé; mais il tombe lui-même par
terre, vomit le sang à gros bouillons,
pâlit à vue d'œil, et s'évanouit à peu
de distance heureusement d'un ha-
meau, où le domestique, qui nous
suivait, courut chercher des secours.

Cet instant m'éclaira sur mon in-conséquence. Glacée de terreur par la vue du sang, par l'impossibilité où était le comte de prononcer une parole, je jetai des cris affreux; et, croyant réellement qu'il allait ex-pirer, je l'entourais de mes bras, le ranimais de mon haleine...; aux dé-pens de ma vie, j'aurais voulu rap-peler la sienne.

— Mon ami, mon ami, je vous ai tué! m'écriai-je avec désespoir.

Le comte rouvrit les yeux, m'en-tendit, et me répondit en ranimant ses forces, — Ne me plaignez pas Eugénie, si je meurs... ce sera pour vous.

Quelque fut la vive impression que me fit ce mot, involontairement échappé au comte, ce n'était pas le moment de m'en occuper; nous le ramenâmes avec beaucoup de peine, car il s'était rompu un vaisseau dans la poitrine, et fut forcé de garder le lit pendant plusieurs jours.

Monsieur d'Harlem avait trop d'impatience de se trouver avec moi, pour s'occuper long-tems de son état, et moi-même je croyais devoir lui parler avec assez de force et d'amitié pour le rendre à ses devoirs et à sa femme, que j'étais vraiment résolue de ne jamais trahir.

Le premier pas était fait, et quelque fut l'extrême timidité du comte, ne remarquant en moi aucune apparence de colère, il osa me dire qu'il m'adorait quoique ce fut sans aucun espoir de retour.

Cette déclaration fut faite dans un moment si favorable, accompagnée de tant de respect et de modestie que, malgré toute la sévérité que je m'étais promise, je la reçus avec dou-

ceur , exprimant mieux sans doute
par mes paroles, que par ma physionomie , le refus que je voulais faire
de ses sentimens.

Mais par une suite de cette sincérité qui se montrait toujours dans
mes premiers momens , je le suppliai
de combattre un amour qui ne pouvait que le rendre infiniment malheureux ; je lui fis sentir l'indispensable
nécessité de nous séparer bientôt ,
madame de Luzi s'étonnant de ma
longue absence, et me rappelant près
d'elle. Enfin je lui représentai avec
chaleur combien je deviendrais méprisable à ses yeux même, si, trahis-
sant une épouse déjà malheureuse
de son indifférence , j'allais encore
usurper ses droits.

Cette épouse était mon amie , me
comblait de soins , et serait morte
de douleur , à ce que je croyais , si

elle eût jamais connu l'ingratitude
du seul être qu'elle parut aimer.

Tant que nous raisonnâmes l'un et
l'autre, l'une pour la raison et l'autre
en faveur de l'amour, nous conser-
vâmes nos forces avec assez d'égalité;
mais le comte employa le langage
des larmes, m'émut de sa propre
sensibilité, et quoique je sentisse
bien que je n'avais peut-être pas pour
lui une véritable passion, mes désirs, d'accord avec les siens, me
conduisirent à tant de preuves d'a-
bandon et de faiblesse, que le comte
dut s'attendre à triompher un jour
du seul obstacle que je lui opposais
encore, en songeant à la pauvre
Cécile.

Il était si heureux des plus faibles
marques de ma tendresse, sa reconnaissance était si vive, si sincère,
qu'il m'attachait chaque jour davan-

tage ; pourtant ma résistance était
la même.

Madame d'Harlem fut long-tems
encore sans la moindre méfiance, et
le témoignage de ses propres yeux
était le seul qui put l'éclairer.

Elle trouva un billet plein de passion que le comte m'avait écrit le
matin ; ce nom d'Eugénie , répété
avec mille épithètes passionnés , ne
put lui laisser aucun doute sur notre
intelligence , et dut même lui faire
croire qu'elle était entièrement tra-
hie ; je m'apperçus bientôt de la
perte de ce billet et le cherchai avec
inquiétude.

Ce fut inutilement ; mais trouvant
dans Cécile plus de confiance et d'a-
mitié que jamais , je cessai de m'en
occuper et me persuadai que je l'avais
brûlé par distraction.

Le comte ne partageait pas ma

sécurité , soit qu'il connut sa femme
mieux que moi , soit qu'il en jugeât
sur d'autres indices , il m'assurait
qu'elle avait des soupçons et que
l'orage finirait par éclater.

Enfin , un dimanche qu'elle assis-
tait à tous les offices , M. d'Harlem
trouva dans la poche d'une robe que
sa femme venait de quitter , le petit
billet déchiré en mille morceaux ; il
y trouva également deux brouillons
de lettres qu'il reconnut pour être
adressés , l'un à madame de Luzi et
l'autre à ma mère.

La jalousie de l'amour-propre , qui
se sert du prétexte de l'amour , est
sûrement la plus furieuse de toutes ,
comme la plus implacable dans ses
vengeances.

Madame d'Harlem le prouvait dans
ses deux lettres , où elle avait distillé
le fiel , la fausseté et la haine , avec

autant d'adresse que d'acharnement;
elle se peignait comme une femme
sacrifiée, qui après des années d'u-
nion et de bonheur avec son mari,
avait attiré chez elle un serpent dont
la blessure était sans remède ; on
pense bien que j'étais le serpent, et
peinte des couleurs les plus noires,
donnant même pour certain les conjectures qui la trompaient elle-même;
elle prétendait que dès la première
semaine de mon séjour à Marseille,
j'avais vécu avec son mari.

Elle priait enfin mon amie et ma
mère de me rappeler au plutôt, voulant éviter dans sa maison le scandale
d'une explication inutile, et qui,
d'après la tendresse qu'elle avait eue
si long-tems pour moi, la ferait
mourir de douleur.

Pour la première fois de sa vie, elle
faisait de grands éloges de son mari,
voulant

voulant prouver sans doute combien j'avais employé d'artifice pour le séduire et le détourner de ses devoirs.

Le comte était bon et sensible jusqu'à la faiblesse, mais comme l'injure m'était personnelle, il eut d'abord l'idée de traiter sa femme avec toute la violence qu'elle lui semblait mériter; mais d'autres considérations plus essentielles le retinrent et l'empêchèrent même de me communiquer le même jour ce qu'il avait découvert.

Cécile rentra de l'église et se plaignit comme à l'ordinaire de ses obligations qui l'éloignaient pour si long-tems de moi.

Je la trouvai plus tendre que jamais, et touchée de sa confiance, je me promettais intérieurement et de nouveau de ne point céder au comte et de le faire consentir enfin à notre séparation.

Tome II.   H

CHAPITRE IX.

Que la nuit et la matinée parurent longues à mon pauvre ami, qui avait à m'apprendre des choses si importantes et à me faire des offres plus importantes encore.

Pourtant l'heure de la promenade était la seule où nous nous vissions en liberté, et madame d'Harlem dissimulait parfaitement bien, s'il était vrai que cette liberté de nous voir lui fît quelque peine.

La vérité, c'est que, sachant que ma mère ne m'aimait point et qu'elle était dévote, elle attendait de jour en jour que je reçusse la lettre foudroyante, qui toutefois n'arrivait point, mais par le plus grand hasard du monde.

Le comte, qui me paraissait fort préoccupé, fit attacher nos chevaux dans un joli petit bois, où il m'engagea à descendre ; il éloigna le domestique, et comme il s'apperçut que ces dispositions m'inspiraient de l'inquiétude, il s'empressa de la dissiper.

— Chère Eugénie, me dit cet amant délicat, ce n'est pas de l'occasion sans doute que j'attends le bonheur de vous posséder ; si jamais vous me trouvez digne de vous appartenir, vous disposerez librement et sans surprise d'un être qui est tout à vous, mais je sais que je dois vous mériter et j'attends tout de ma persévérance.

Pour aujourd'hui, mon amie, j'ai besoin d'un entretien sérieux et je vous prie de m'écouter.

Il me raconta alors la découverte qu'il avait faite la veille, du Lillet et

H 2

des deux lettres, dont il avait retenu très-fidèlement l'odieux contenu, quoiqu'il les eut remises à leur place pour prévenir les soupçons et nous donner le tems de nous concerter.

Il est aisé d'imaginer l'impression que me fit cette nouvelle ; j'étais coupable, sans doute, d'avoir permis au comte de me parler de ses sentimens, mais Cécile ne m'avait jamais caché son peu d'amour pour lui, et le grand dépit d'avoir sans doute été trompée sur un autre article... pouvait seul la conduire à me perdre sans ménagement..; quoiqu'il en soit, me brouiller avec mon amie et ma mère, était un moyen fort mal-adroit de m'éloigner de son mari, bien incapable d'abandonner celle dont il aurait causé le malheur ; mais la vengeance est une arme qui blesse souvent celui qui s'en sert, et que la fureur guide aveuglément.

Tout ce que pouvaient en ce moment me présenter mes idées agitées et confuses, c'était la nécessité de m'éloigner et de ne point attendre cet éclat par lequel madame d'Harlem espérait attaquer ma réputation.

J'en parlai au comte qui paraissait tranquille comme un homme auquel un grand danger a dicté une grande résolution.

— Ma tendre amie, me dit-il, cet événement, auquel j'ai bien réfléchi depuis hier, doit vous prouver de quel excès de fausseté ma femme est capable ; elle sait depuis huit jours que je vous aime, elle s'en trouve offensée, se venge sourdement, et n'a cessé depuis cette époque de vous combler de caresses et d'instances pour ne la point quitter : une telle conduite doit à jamais écarter ce que vous appelez vos remords , avec une trop grande sévérité pour vous-même ; mais ne songeons plus à elle , mon Eugénie ; nous pouvons encore prévenir ses coups et jouir du plus parfait bonheur.

— Ah ! mon ami, nous voilà séparés , et pour toujours sans doute !

— Dites réunis , pour jamais réunis , Eugénie , pardonnez-moi si la circonstance me force à me prévaloir de votre malheureux sort ; mais si la fortune vous avait autant favorisée que la nature , je craindrais de vous engager à des sacrifices dont rien ne pourrait vous dédommager.

Mais heureusement pour moi, mon Eugénie, votre situation doit me faire pressentir que vous ne pouvez vivre dans une entière indépendance de votre famille.

La méchanceté de madame d'Harlem vous y a préparé de nouveaux
désagrémens ; ma belle-sœur est sévère, elle est dupe du caractère de
mon épouse, qui s'est montrée douce
et sensible tant qu'elle a vécu près
d'elle....

— Cher comte, à quoi sert de me
montrer toute la rigueur de ma destinée ? dépend-il de moi de m'y sous-
traire ?

— Oui, oui, mon amie, daignez
applaudir au plan que j'ai formé cette
nuit ; ma vie, mon bonheur en dé-
pendent : chère Eugénie, dit-il en se
jetant à mes genoux, je n'ose m'expliquer, un refus me ferait mourir.

— Relevez vous, parlez, ah ! mon
ami ! que puis-je donc faire pour
vous ?

— Fuyons, mon Eugénie ; quittons
la France ensemble, vivons l'un pour

l'autre dans un pays où nous serons inconnus et où la calomnie ne nous poursuivra pas.

Ne m'interrompez pas, Eugénie, écoutez-moi ; je suis homme d'honneur et connais assez votre délicatesse pour ne rien vouloir qui puisse blesser les intérêts de madame d'Harlem.

J'ai reçu d'elle une fortune à-peu-près égale à la mienne ; je la lui laisse dans des propriétés qui n'ont fait que s'améliorer depuis notre mariage ; j'ai un fils ; cinquante mille écus que je lui assure indépendamment de la fortune de sa mère, lui procureront une honnête aisance ; mais il me reste une très-belle terre en Dauphiné, dont un de mes parens désire depuis long-tems l'acquisition, il est riche ; en vingt-quatre heures je puis réaliser deux cent mille francs : Eugénie,

génie, ils sont à vous ; je les placerai de manière qu'il ne puisse rester aucune trace du don que j'oserai vous en faire ; cette fortune n'est pas brillante, je le sais, mon Eugénie ; mais si vous daignez vous en contenter, nous prendrons en Angleterre l'état du commerce, qui y est honoré ; nous changerons de noms ; nous sacrifirons de vains préjugés au vrai bonheur ; enfin nous serons heureux et nous nous aimerons jusqu'à la mort.

Le comte, transporté de cette idée, baisait mes mains, ma robe, mes cheveux ; il ne voulait rien entendre ; et dans l'ivresse où je le voyais, je redoutais de le détromper, je n'osais lui répondre.

— Mon ami, lui dis-je enfin, est-ce dans le trouble où nous sommes tous les deux que nous pouvons prendre un parti si violent; songez, cher comte, qu'il s'agit de nous expatrier, de sacrifier votre fortune, qu'assurément je n'accepterais pas?

: — Ma patrie, mon bien, c'est mon Eugénie, ce n'est que d'elle seule que peut venir mon bonheur ou mon désespoir.

Je devrais dire que l'idée du crime que j'aurais commis en fuyant avec un homme marié, était ce qui m'éloignait le plus d'accepter le généreux sacrifice qui m'était offert, mais il me restera dans tout le cours de cet ouvrage des torts trop réels, et que l'indulgence seule peut couvrir, pour que je ne me montre pas au moins sous le rapport intéressant de la sincérité.

J'avoue donc que j'étais désagréablement frappée par l'idée puissante et légitime du déshonneur que j'en-

courais en me laissant enlever ; par
celle de ne jamais revoir ma bonne
grand'mère, que je chérissais, et
mon excellente amie, madame de
Luzi, et plus que tout cela, le bon
et sensible Fabrice, pour lequel je
m'étais dit que je n'avais plus d'a-
mour, mais qui m'était bien cher
encore.

Voilà ce qui repoussait victorieu-
sement dans mon cœur la tendre folie
à laquelle le comte voulait m'entraî-
ner. Tous ces êtres, qu'il me fallait
affliger et quitter sans retour, se
présentaient comme des fantômes à
mon imagination, je croyais entendre
leurs adieux déchirans, repousser
leurs bras dans lesquels ils tentaient
de me ramener, et mettre entre nous,
non-seulement l'intervalle des mers,
mais la terrible barrière de l'opinion
qui, après un tel éclat, ne leur per-

mettrait plus d'oser ni m'aimer ni me revoir. Le croirait-on ? mon père et ma mère, qui depuis si long-tems m'accablaient de leur indifférence, avaient part à mes regrets ; leurs malédictions s'attachaient à ma destinée, et je n'ai rien imaginé de ma vie de plus redoutable que la malédiction d'une mère.

Mais eussé-je été mille fois plus éloignée d'accepter l'offre de monsieur d'Harlem, l'état dans lequel il était ne me permettait pas un refus positif ; ce n'était plus des raisons qu'il opposait aux miennes, c'était des larmes, des transports, dont mon ame était déchirée.

— Eugénie, me disait-il, je vois vos efforts pour me calmer, mais, hélas ! je vois surtout votre indifférence ; si vous aviez la millième partie de mon amour, ce parti vous sem-

blerait le seul raisonnable , parce
qu'il est le seul qui puisse nous
réunir.

Pensez-vous qu'après votre départ
je reste un seul jour ici? croyez vous
que je veuille m'abaisser à fléchir un
être qui aura peut-être empoisonné
le repos de votre vie , après avoir si
long-tems tourmenté la mienne ?
non, non, je lui laisserai ses biens ,
je la fuirai...., je vous fuirai aussi,
Eugénie : la guerre m'offre une res-
source, j'irai chercher les dangers ,
appeler la mort, si le désespoir me
laisse assez de raison pour ne pas la
prévenir.

— » Mon ami , mon tendre ami ,
» vous me faites frémir , vous dé-
» chirez mon cœur , mais ne dois-je
» pas prévenir le regret qui pourrait
» naître un jour des sacrifices que
» vous voulez me faire ! Si dans quel-

I 3

» ques mois...., dans un an , à cette
» même époque , votre volonté est
» la même.... »

— Elle le sera, Eugénie , j'en fais
serment.

— Hé bien ! dis-je au comte , je
fais alors aussi celui de vous suivre
et de vous consacrer ma vie.

— » Eugénie, ma tendre épouse ,
» je me soumets à tes ordres , car je
» crois à ta promesse : ô mon ado-
» rable amie ! où trouver la force de
» te quitter après un engagement si
» doux ; demain, dès demain , Eu-
» génie, il faut nous séparer , et je
» ne serai encore qu'un étranger pour
» toi... , et pas un seul instant de
» bonheur ne se retracera à mon es-
» prit désolé ; tu ne connais pas ,
» Eugénie , tu ne sais pas quelle
» force, quel courage tu pourrais me

» donner. Elève moi jusqu'à toi, mon
» amie, mon Eugénie....

Fermez ce livre Lecteur sévère,
que la sensibilité n'a jamais conduit
à la faiblesse ; mais mettez - vous à
ma place, femmes délicates et tendres, plus touchées du bonheur que
vous pouvez donner que de celui que
vous pourriez goûter vous-mêmes,
et voyez ce généreux ami au comble
d'une félicité qu'il demandait sans se
flatter de l'obtenir ; voyez-le dans
mes bras..., à mes pieds, passant
des transports de l'amour à ceux de
la reconnaissance, dans un délire,
dans une ivresse, dont rien jusque-
là ne m'avait donné l'idée....

Cher et malheureux ami, je parta-
geai ton bonheur ! mais j'étais indigne du sentiment profond dont ton
ame était remplie ; je cédais à tes
larmes, à tes désirs, à l'émotion que

I 4

me causait tant de dévouement et
d'amour ; dans ce moment je croyais
en avoir moi-même.

Hélas ! je me trompais... , et cet
instant a causé le malheur de toute
la vie de l'être le plus digne d'être
parfaitement aimé ; ce regret n'est
pas sans doute de ceux que le tems
efface , et je ne me suis jamais
pardonnée la douleur du comte ,
qui pèse encore sur mon cœur et
lui survit à lui-même...

J'en reviens à ce qui se passa
alors. Le comte me tint parole.. ; la
fermeté , la raison succédèrent aux
violentes agitations qu'il venait d'é-
prouver.

Cet instant de possession était pour
lui le garant sacré de ma promesse ;
ce délai d'un an était cruel , mais
enfin son malheur avait un terme ,
sa vie avait un but , et qui sait s'il

ne se flattait pas intérieurement
que quelques circonstances ne me
forceraient pas de devancer ce moment ?

— Tendre amie, me dit-il, l'orage
peut éclater d'un instant à l'autre, il
ne faut pas l'attendre, annoncez votre
départ pour demain, j'aurai disposé
de tout ce qui peut vous être nécessaire, et si madame d'Harlem se
prépare à quelque scène, soyez sûre
que je saurai la contenir.

Je le suppliai d'agir avec la plus
grande modération, de ne pas oublier
que j'étais coupable.

— Vous êtes ma seule épouse,
me dit le comte avec véhémence, le
serment que je viens de faire est le
premier que l'autorité ne m'ait pas
arraché....

Nous rejoignîmes la maison....,
cette promenade devait être la der-

nière; la réflexion que nous en fîmes
en même-tems nous arracha des larmes bien sincères ; le comte en fut
vivement ému, me pressa de nouveau
dans ses bras, et surmonta sa douleur
pour me rendre la force de dissimuler et de supporter la mienne.

CHAPITRE X.

MADAME d'Harlem avait invité du monde à dîner, il n'était pas possible d'annoncer en ce moment mon brusque départ, dont elle devait être fort étonnée ; car, pour s'assurer de l'instant où je recevrais de Paris les lettres qu'elle attendait, elle avait donné ordre que le facteur ne les remît qu'à elle ; et elle était donc bien sûre que je n'avais aucune nécessité de m'éloigner sitôt.

Victoire, jeune et jolie Marseilloise, que j'avais prise à mon service depuis peu, fit mes paquets très-secrètement, et ce fut le lendemain à déjeûner que j'annonçai mon départ, qui devait avoir lieu le même jour et quelques heures après ; Cécile resta pétrifiée et rougit jusqu'au blanc des yeux.

— C'est impossible , s'écria-t-elle avec la plus grande émotion ; vous ne pouvez me quitter comme cela , s'il est vrai que vous n'ayez pas reçu ici quelques désagrémens que j'ignore , et que je veux absolument connaître.

— Ma chère Cécile , j'ai été jusqu'ici comblée de vos bontés , et tout ce que pourrait prouver une résolution si prompte , c'est que j'ai redouté que nous ressentissions d'avance trop d'amertumes et de regret.

J'avais le cœur très-ulcéré , contre madame d'Harlem ; il m'en coûtait beaucoup de lui parler ainsi ; mais n'ayant à feindre que quelques heures seulement , je m'y étais décidée avec assez de fermeté.

— Vous ne partirez point , me dit

Cécile , toute tremblante , par je ne
sais quel sentiment, « vous ne savez
» pas, ingrate, de quel projet je m'oc-
» cupais pour vous ; il est question
» d'un parti très-honorable et de cent
» mille livres de rente ; je ne voulais
» vous en parler qu'avec une plus
» grande certitude du succès , mais
» vous me forcez à rompre le silence
» pour votre propre intérêt, puisque
» ma vive amitié a si peu de pouvoir
» sur vous.

— » Ma chère Cécile , rien ne
» m'empêchera sans doute de revenir
» dans ce pays-ci , et vous m'y mé-
» nagerez les amis que vous m'y avez
» faits , mais je me reproche d'avoir
» abandonné si long-tems madame
» de Luzi , à laquelle vous convien-
» drez bien que je dois aussi beau-
» coup.

— » Hé bien ! monsieur , dit Cé-

» cile avec une sorte de violence à
» son mari, vous vous taisez, vous
» laissez ainsi partir Eugénie ? »

— Je la regrette autant que vous,
dit le comte d'un ton fort naturel.

Victoire vint annoncer que les chevaux de poste entraient dans la cour;
le pauvre comte pâlit, moi-même je
ne pus retenir un torrent de larmes;
et perdant en cet instant le souvenir
de la noirceur que me préparait Cécile, je ne me rappelais que ses bons
procédés et cette séparation que je
regardais comme éternelle ; je m'ap-
prochai donc pour l'embrasser et je
ne sais où m'aurait peut-être conduite
cette belle effusion de cœur, si madame d'Harlem qui n'éprouvait que
la rage la plus violente de me voir
échappée à la scène qu'elle avait préparée, n'eut pris le parti d'avoir une
attaque de nerfs.

Elle se roidit, tomba à la renverse, et s'appercevant que le comte la soutenait, elle le repoussa en lui criant, retire-toi malheureux. Je lui présentai des gouttes, elle les prit, et paraissant revenir à elle, elle me dit : « Eugénie, je ne vous demande » que huit jours ; vous m'avez mal » connue quand vous avez cru que je » n'avais pas besoin d'être préparée » à vous perdre. »

Je ne répondis rien..., alors elle se sauva dans sa chambre comme une femme désespérée et s'y enferma à double tour ; le pauvre comte surmontant sa douleur, me dit : mon Eugénie, profitez de cet instant, et partez. Je me précipitai dans ses bras et ne pus prononcer le mot d'adieu !

La pièce dans laquelle s'était réfugiée Cécile donnait sur le jardin ; elle ne me vit point monter dans cette voiture qui m'entraîna aussi vite que le vent.

Ce fut dans cette longue et triste journée que je réfléchis à mon aise sur le malheur bien réel d'inspirer des passions , le malheur aussi grand d'y répondre , et de ne rencontrer que des êtres qui , par diverses circonstances , ne pouvaient légitimer mes sentimens.

Ma petite Victoire , âgée de dix-neuf ans , était la meilleure enfant du monde , elle m'aimait à la folie , elle avait voulu me suivre, pourtant elle sanglottait aussi ; cela me rappela que les Victoires ont aussi des malheurs , des passions , et que l'amour , comme la mort , frappe également sur tous les êtres animés.

Nous étions fort en sûreté dans l'excellente voiture que madame de Luzi m'avait prêtée et que je lui ramenais ;

menais ; mais fort jeunes toutes deux et fort péu accoutumées à l'embarras des voyages , nouss aurions été fort à plaindre sans toutes les prévoyances de mon excellent ami.

Chaque poste , chaque dînée ou couchée , était indliquée sur un petit livret déposé dans l'une des poches de la voiture ; je trouvai deux cents louis dans l'autre , car le comte m'avait dit de ne m'inquiéter de rien , et je l'avais fait *littéralement*.

Nous étions , Victoire et moi , dans un âge où les chagrins n'ont pas une grande influence sur l'appétit ; on nous servit un fort bon dîner ; avec l'intention de ne manger de rien , nous goûtâmes de tout ; et remontées dans cette voiture , dont les ressorts étaient si doux , les coussins si commodes , nous dormîmes jusqu'à ce que les postillons nous réveillèrent.

Ils étaient prévenus du lieu où nous voulions coucher ; et quand la nuit fut venue, ils nous conduisirent à la belle auberge du *Lion Couronné*, à St.-M...., à vingt-cinq lieues de Marseille.

CHAPITRE XI.

LE comte avait eu ses raisons pour nous indiquer le premier jour une route de vingt-cinq lieues seulement; je ne savais pas ces raisons-là , mais plus fatiguée de mon agitation intérieure que du voyage , je ne pris qu'un bouillon et me couchai en arrivant.

Victoire avait un cabinet attenant à ma chambre; elle dormait profondément pendant que je relisais pour la troisième fois un billet bien passionné que mon ami m'avait glissé en me conduisant à la voiture.

Tout à coup j'entends frapper à ma porte ; j'appèle Victoire, qui se frotte les yeux , passe un jupon ,

K 2

ouvre avant de savoir pourquoi et à qui.

— Madame , s'écrie-t-elle comme une petite folle , c'est lui ! c'est M. le comte ! et effectivement elle amène à mon lit le comte couvert de sueur et de poussière , le derrière tout écorché, enfin dans l'état d'un homme qui a fait vingt-cinq lieues à franc-étrier , en très-peu d'heures , et sans avoir ni bu ni mangé.

La joie , la surprise , les caresses du premier moment passées , le comte qui s'était pourvu des habillemens nécessaires , passe dans une autre pièce , panse ses blessures qui n'étaient pas très-graves , me laisse le tems de me relever et de faire dresser dans ma propre chambre un fort bon souper, (circonstance qu'on ne peut oublier ni dans les romans ni dans les histoires véritables, sans s'écarter

beaucoup de la vraisemblance), les
amoureux étant soumis comme le
vulgaire aux ordres impératifs de
leurs estomacs ; aussi le comte ne
fut-il pas insensible à cette attention;
et je ne souffris pas qu'il satisfit ma
curiosité sur le motif de son retour
avant d'avoir fait honneur au souper.

Victoire avait beaucoup d'intelligence et beaucoup d'amitié pour le
comte , qui l'avait placée près de
moi; elle se persuada que son service
n'était pas très-nécessaire , et prit
des prétextes pour aller à la cuisine,
bavarda et dit à la maîtresse , qui
était vieille et qui avait l'air dévote,
que c'était le mari de *madame* , qui
était venu la rejoindre ! un marié
de quelques mois , et bien honnête
homme... , il allait de suite, qu'il ne
fallait qu'une même chambre.

La vieille murmura entre ses dents,

le bourgeois voulut caresser Victoire, les garçons de la cuisine chantèrent ce beau refrain de la chanson de Malboroug,

> Les uns avec leurs femmes,
> Et les autres.... tout seuls.

Mais quand on vit que nous demandions des bougies et tout ce qui se trouvait de meilleur et de plus cher dans l'auberge, la vieille se dérida, dit qu'elle avait vu tout de suite que nous étions des gens bien *comme il faut*, et que, grâce à Dieu, depuis cinquante-trois ans qu'elle était aubergiste à St.-M...., il n'en était pas venu d'autres dans sa maison.

Victoire remonta et nous rendit compte de ce qu'elle venait de faire avec assez d'embarras ; je fis semblant de la gronder un peu, elle ne s'en effraya pas et me demanda la permission de s'aller coucher.

Lorsque nous fûmes seuls , j'interrogai le comte sur ce qui s'était passé chez lui depuis que je l'avais quitté.

Sa femme avait sonné avec violence peu de minutes après mon départ ; le comte était entré avec la femme-de-chambre , Cécile lui avait demandé :

— Hé bien ! monsieur , vous ne tenez point compagnie à votre Eugénie ?

— Eugénie est partie , madame !

— Partie sans me revoir ?

— Vous vous êtes enfermée.

— Vous m'expliquerez toute cette conduite , monsieur , car vous ne pensez pas que j'ignore la part que vous y avez ?

— » Je vous engage madame à re-

» prendre votre tranquillité , Eugénie
» est partie , elle ne devait pas rester
» toujours ici , et votre sensibilité à
» son départ s'exprime d'une manière
» si étrange , que c'est de vous , je
» pense , qu'on pourrait exiger des
» explications...

— Fort bien , monsieur , vous
verrez que c'est de moi dont on aura
raison de se plaindre ; j'espère au
moins que vous m'épargnerez votre
insupportable présence.

— J'espère , madame , que vous
ne croyez pas me bannir de ma propre maison.

— Voilà un ton nouveau , dit madame d'Harlem , pâle et tremblante
de colère , au moins puis-je solliciter la faveur de rester seule d'ici à
demain ?

— Beaucoup plus si vous le dé-
sirez.

En

En même tems , chère Eugénie , je sortis de chez elle , et voyant que rien ne s'opposait à l'idée que j'avais déjà eue de vous rejoindre à la première couchée , je montai à cheval sans aucun air de mystère.

Mais à une lieue de la ville je fis garder mon cheval par des paysans qui me sont connus , et je pris la poste , pensant avec joie que vous n'aviez que peu d'avance sur moi. Je crois même que j'aurais été assez heureux pour vous rejoindre plutôt , si je n'avais pas eu pour guides des postillons à moilié ivres et qui , au poids de l'or même , ne voulaient pas marcher ; l'avant-dernier est tombé , s'est un peu blessé , et il m'a fallu verbaliser pendant une heure à la poste pour prouver qu'il n'était pas en état de se tenir sur son cheval.

— Cher comte vous êtes bien dé-
raisonnable.

— Mon Eugénie , je suis bien
heureux.

Le matin Victoire nous prépara à
déjeûner ; mais une plus longue absence pouvait donner des soupçons
à madame d'Harlem ; il fallait nous
quitter ; et le comte qui était toujours
parfaitement bon , ne voulait pas la
livrer à tout le désordre de son imagination.

Nous ne nous quittâmes pas sans
répéter notre premier serment , de
nous rejoindre et de quitter la France
ensemble si M. d'Harlem , qui avait
beaucoup plus à perdre que moi ,
(au moins sous de certains rapports)
persistait au bout de l'année révolue
à suivre le plan qu'il m'avait pro-
posé.

Je ne saurais dire jusqu'à quel

point j'y étais résolue moi-même ;
j'avais un an pour y songer , et c'est
surtout à dix-huit ans que la réflexion
ne s'étend pas si loin.

Nous avions un honnête libraire
qui devait recevoir mes lettres à Marseille.

Victoire vit avec plaisir qu'on avait
aussi besoin d'elle ; à tout événement
les lettres du comte m'arriveraient
sous son couvert ; la pauvre fille était
jeune , amoureuse et pas du tout in-
téressée ; elle ne voulait absolument
pas recevoir dix louis que le comte
lui remit pour les ports de lettres ;
je l'exigeai , et pendant le reste du
voyage elle fut beaucoup plus gaie.

Pour moi, selon l'usage des voya-
geurs qui ont le cœur tendre et qui
ne veulent pas trop se laisser abattre,
en m'éloignant de ce que j'aimais ,
je tâchai de m'occuper de ce que

L 2

j'allais revoir ; ce n'était pas sans un grand mélange d'inquiétude au sujet de ces malheureuses lettres de madame d'Harlem.

Mais madame de Luzi m'aimait ; elle était modérée et prudente, avait un grand empire sur l'esprit de ma mère...

Enfin il fallait arriver , prendre courage et surtout espérer ; je le fis , et j'eus raison.

CHAPITRE XII.

C'ÉTAIT à Verbois que j'allais rejoindre madame de Luzi, qui ne
m'attendait pas. On était à dîner
quand la voiture entra dans la cour.

Mon père qui était en ce moment
chez mon amie, me reconnut le premier, et dit bah ! c'est ma fille !

— Eugénie ! s'écria vivement madame de Luzi, et renversant sa ser-
viette et sa chaise, elle courut à ma
rencontre.

Rassurée par cet accueil, je lui fis
mille caresses, j'étais grasse, fraî-
che, je l'avais quittée mourante, et
cette sensible amie me revoyait avec
joie, quoique blessée du peu de
confiance que j'avais eu en elle ;
quoique très-affligée de mes fautes,

L 3

c'était peut-être encore l'être au monde dont j'étais le plus tendrement aimée.

On eut grand soin de ma petite Victoire, que de grands coquins de laquais regardaient sous le nez et faisaient rougir à tout moment.

On lui trouva un petit cabinet tout près de ma chambre, mais sans intention, car le bon et aimable Fabrice faisait avec son père un voyage en Italie, où je pense qu'il m'oubliait aussi, soit par obéissance ou parce que les Italiennes sont vives et aiment beaucoup les Français.

Qu'étaient devenues les perfides lettres de madame d'Harlem ?

Je voudrais le dire, mais je ne le sus jamais ; il n'est guère possible d'imaginer que ces deux lettres fussent perdues, mais madame de Luzi, qui n'aimait rien de ce qui se faisait

méchamment, lors même que le ressentiment était légitime , n'aurait
peut-être pas pris beaucoup d'intérêt aux plaintes plus aigres que sensibles que madame d'Harlem lui avait
adressées.

D'ailleurs, j'étais revenue de mon
plein gré, que m'aurait-elle dit d'u-
tile ? Nous n'étions plus sur le pied
d'une confiance sans bornes.

Madame de Luzi , délicate et même
susceptible , ne sollicitait pas les secrets qu'on voulait lui cacher, cette explication qui ne pouvait rien produire
de bon , l'aurait entraînée peut-être
à parler de Fabrice , et elle avait juré
de se taire ; voilà quelles furent mes
conjectures , car le tems n'a point
éclairci mes doutes à cet égard.

Pour la lettre adressée à ma mère,
je regarde comme certain qu'elle fut
égarée à la poste, car elle aurait pro-

duit tout son effet , à propos , utile-
ment ou non. Je remerciai donc mon
bon génie , comme disent les pro-
fânes , ou mon bon ange , comme
disent les dévots , et comme il n'y
avait aucune preuve contre moi , je
me tranquillisai sur ce que ferait à
l'avenir madame d'Harlem , qui n'a-
vait pas eu le plaisir de me renvoyer
de chez elle ; de faire un éclat et
de me brouiller avec ma meilleure
amie.

CHAPITRE XIII.

JE me retrouvais à Verbois dans une situation tout-à-fait différente de celle où je m'étais vue à mon premier séjour.

Doucement occupée du comte, son absence n'était accompagnée d'aucune des angoisses attachées à mes premiers sentimens, j'étais sûre de le revoir dès qu'il me plairait de le rappeler ; mon avenir que j'avais cru jusqu'alors dépendant des circonstances, était entre mes mains, si je voulais accepter des offres, très-répréhensibles à la vérité, mais que je justifiais jusqu'à un certain point par la désunion du comte et de sa femme, qui n'en serait pas moins inévitable et certaine, so

que je consentisse ou que je refu-
sasse de l'accompagner.

Je me promis d'écrire fort exac-
tement à mon ami, et de juger par
sa correspondance du désir qu'il avait
d'exécuter ce projet ; en attendant
je recommençai à passer des jours
heureux et tranquilles auprès de
madame de Luzi.

Presque tous les courriers, le comte
m'écrivait ; chacune de ses lettres
l'emportait sur l'autre par la chaleur des expressions, l'image d'un
amour et d'un dévoüement sans
bornes ; jamais je n'avais dû me
croire aimée avec autant de passion,
et je n'ose presque avouer cette contradiction du cœur humain, ou
peut-être seulement du cœur des
femmes : cette grande ardeur du
comte, cette entière certitude d'être
adorée, me refroidissait pour lui ;

je m'en apperçevais quelquefois en lui répondant , je corrigeais mon style, j'empruntais à mon esprit et à mes souvenirs des mots plus tendres , mais je les arrangeais avec méthode ; et si le comte eut été moins prévenu et plus observateur, il eut pu s'appercevoir que ce n'était pas là le langage abandonné de l'amour.

Au surplus ce n'était sûrement pas dans le dessein de le tromper que j'exagérais mes sentimens en lui écrivant ; mais la moindre apparence de froideur l'eût réduit au désespoir , et son existence avec madame d'Harlem n'était déjà que trop malheureuse depuis mon départ.

Le comte n'avait pu prévenir une explication très-orageuse ; Cecile, accoutumée à dominer , à se faire

craindre ou obéir, s'était doublement
emportée contre les torts de son
mari, et le sang-froid avec lequel
il lui répondait ; elle l'avait menacé
de cent sottises qu'elle ne faisait pas,
mais qui le tenaient dans l'inquiétude ; enfin il comptait les jours ,
les heures de cette année que j'avais
exigé avant notre réunion ; et, à
l'insu de sa femme, il se disposait à
réaliser de sa fortune tout ce que
sa délicatesse lui permettait d'emporter.

Madame de Luzi, très-loin de me
soupçonner de semblables projets ,
soit qu'elle sut ou non que j'aimais
son beau-frère, paraissait désirer que
je trouvasse un parti convenable et
qui fixât ma destinée.

C'était un peu dans cette espérance qu'elle attirait beaucoup de monde
à Verbois, persuadée que mon nom ,

ma jolie figure, ma gaîté et quelques
talens, me feraient enfin rencontrer
un homme qui, comptant pour quelque chose ces avantages, n'exigerait
pas de fortune en m'offrant sa main.

Madame de Luzi se trompait; dans
ce tems-là, comme aujourd'hui,
l'hymen calculait prudemment, et
ne se présentait pas sans consulter
Plutus. Des amans, j'en trouvais
partout, des maris nulle part; et
le plus grand secret ayant enseveli
mes premières erreurs, ce n'était
pourtant pas à l'atteinte portée à ma
réputation qu'on pouvait attribuer
cette difficulté de m'établir; mais
je n'avais point de dot à prétendre,
et rien ne pouvait couvrir ce défaut
essentiel.

La société de mon amie, à Verbois, était composée de personnes
très-aimables et très-respectables,

mais le hasard y avait pourtant in-
troduit un espèce d'aventurier, fait,
par ses grands talens et ses grands
vices, pour se faufiler dans un cer-
cle au-dessus de celui dans lequel
il paraissait né.

Charles Nados se disait espagnol,
mais on ignorait quel était, dans
son pays, l'existence de ses père et
mère, dont il ne parlait jamais ;
du reste il faisait de la dépense,
n'avait embrassé aucune profession ;
et l'indépendance dans laquelle il
vivait, faisait présumer qu'il avait
au moins quelque fortune ; son physique était si frêle, qu'il paraissait
à peine vingt ans , quoiqu'il en eut
près de trente ; il était petit , mal
fait , et laid , si un homme peut
l'être avec une physionomie d'esprit
et de feu , qui faisait deviner au pre-

mier coup-d'œil tout ce qu'il était réellement.

Charles Nados parlait, avec une égale perfection, l'anglais, l'espagnol, l'italien et l'allemand; il passait pour un excellent physicien parmi les personnes les plus capables d'apprécier cette science ; il peignait à l'huile, à la gouache et au pastel ; jouait du violon et de la clarinette avec un mérite supérieur, et sans aucune apparence de prétentions à rien ; on ne découvrait ses talens qu'à la manière charmante dont il les rendait agréables ou utiles à la société.

Son ton et l'ensemble de ses manières n'annonçaient pourtant pas l'usage du grand monde, mais à la campagne surtout c'était un trésor qu'un homme qui fournissait à lui tout seul tant de moyens de distractions et de plaisirs. La présidente de Murcis , qui était à Verbois , avait une fille fort laide , mais à laquelle elle désirait donner une grande éducation ; Charles s'était offert de lui montrer la peinture , la musique , l'italien ; et comme il n'acceptait aucun honoraire , on était heureux de lui offrir la table, le logement et des présens qu'il n'acceptait qu'avec beaucoup de difficultés.

La présidente, qui le logeait chez elle à Paris , avait demandé la permission de l'amener à la campagne où il plaisait généralement.

Il n'y avait pas de jours où Charles ne fit des expériences très-amusantes, et qu'il expliquait avec la plus grande clarté ; toutes les dames du château demandèrent leurs portraits, le mien surtout fut fait et refait avec une

complaisance

complaisance infinie ; enfin, Charles nous faisait danser tous les soirs, et il ne faut pas demander s'il était bien traité de tant de personnes qui lui devaient leurs plaisirs. Comme il paraissait répondre avec répugnance aux questions qu'on lui avait fait d'abord sur sa famille et son pays, on ne l'interrogeait plus ; mais cet air de mystère donnait lieu à différentes conjectures qu'on cherchait à justifier par les propos qui lui échappaient quelquefois ; enfin l'idée générale était qu'il avait été prêtre, puis marié, et forcé de quitter son pays pour fuir l'inquisition.

Personne n'avait d'intérêt à approfondir la vérité ; mais Charles était un homme qu'on regardait tout-à-fait sans conséquence, et que, malgré l'amitié, tout le monde tenait à une certaine distance de soi.

Tome II.   M

Il est facile de deviner que je n'arrête si long tems ma pensée sur un tel
personnage que parce qu'il eut, indirectement au moins, un grand pouvoir sur ma destinée ; c'est ce qu'on
verra dans le chapitre suivant.

___

CHAPITRE XIV.

MADAME la présidente de Murcis venait de perdre sa mère , et d'acquérir un très-bel héritage en Bretagne , mais il fallait qu'elle s'y rendît , et diverses circonstances lui faisaient présumer qu'elle y ferait un assez long séjour.

On décida que mademoiselle Adélaïde , sa fille , passerait le tems de ce voyage au couvent.

De cette demoiselle Adélaïde , qui était de mon âge , et qui devait naturellement être mon amie , je n'en dis rien , parce qu'il n'y a réellement rien à en dire.

Elle était sotte , timide , sage sans savoir pourquoi , et peut-être tout simplement parce que personne ne

s'y opposait ; mais elle devenait fort
riche par la mort de sa grand'mère ;
elle allait passer quelques mois au
couvent , où elle ne ferait rien du
tout ; elle sortirait de là pour épouser
aussi un président , et tout le roman
de sa vie finirait là ; car il y a des
gens dont la destinée est toute écrite ,
qui , entourés de parens sévères et
de circonstances impérieuses , sont
toujours conduits , comme par la
main , d'un bout de la vie à l'autre ,
mais ces gens-là ne sont pas ceux
qui sont nés avec une imagination
ardente , des passions prononcées ,
et plus que tout , ceux ou celles qui
sont obligés de lutter contre la mauvaise fortune ; car ce dernier article
décide bien des choses , et mes parens
qui me livraient, si jeune encore , à
tous les dangers d'une grande indépendance m'auraient peut-être gardée

plus soigneusement sous leurs yeux,
si l'essentiel n'avait pas été de se
débarrasser de moi, et de ne faire
aucuns frais pour mon éducation :
malheur aux parens insoucians qui
abandonnent leurs enfans à des soins
étrangers ! A la vérité, ma mère
m'avait dit, entre autres lieux com-
muns, que si je voulais trouver un
mari, il fallait être sage, mais je
voyais des demoiselles pauvres et
très-sages qui ne se mariaient pas,
comme des demoiselles très-coquet-
tes et riches qui se mariaient ; et
rien n'est plus dangereux que de
raisonner entre la morale et l'expé-
rience : ce qu'on ne m'avait pas dit,
c'est que l'estime des autres, comme
la sienne même, est très-essentielle
au bonheur. Ce qu'on ne m'avait pas
dit, c'est que les passions entraînent
à mille désordres, dont les femmes

restent toujours les seules victimes.
Ce qu'on ne m'avait pas dit, c'est
qu'une femme sensible est bien à
plaindre, lorsqu'elle devient mère,
de n'oser donner sa vie pour exemple
à ses enfans, et qu'elle ne perd que
trop souvent le droit de les conduire
quand ils viennent un jour à juger
leurs parens, et à connaître quelquefois eux-mêmes qu'ils sont les
fruits du crime ou de l'erreur.

Ah ! si l'on m'avait dit cela, j'aurais aimé et suivi la vertu qui ne
manque pas d'appui véritable, mais
à laquelle on donne habituellement
des bases fausses ou frivoles, que
l'amour a tôt ou tard le pouvoir de
renverser.

Qu'on me pardonne cette digres-
sion que j'ai faite sans la prévoir,
en suivant simplement la méthode

de me laisser conduire par ma pensée et par ma plume.

Madame de Murcis quittant la campagne, et Charles ne pouvant pas suivre Adélaïde au couvent, il devait croire indiscret de rester à Verbois, et il annonça son départ pour le même jour.

Mais il n'y eut qu'une voix pour le retenir ; madame de Luzi qui le voyait agréable à tout le monde, et qui n'avait personnellement qu'à s'en louer, s'expliqua avec sa grace ordinaire ; lui assigna, à la campagne comme à sa jolie maison de Paris, un petit logement de garçon, qui ne serait jamais occupé que par lui, et voulant vaincre des refus, qui au fond n'étaient pas bien sincères, elle lui dit que je voulais, aussi-bien qu'elle même, apprendre l'italien, qu'ainsi nous avions un intérêt per-

sonnel à le retenir. Il est aisé de
convaincre les gens qui souhaitent
de l'être, et Charles Nados fut, dès
ce moment, comme attaché à la
maison.

Quatre mois s'étaient déjà écoulés
depuis mon retour à Verbois, le
comte, loin de se refroidir par l'absence, me pressait dans chaque lettre
de hâter le moment de notre réunion ;
et voyant que je manquais ou d'a-
mour, ou de résolution, pour prendre
ce grand parti, il remettait sans cesse
sous mes yeux les inconvéniens réels
de ma situation.

Il était probable qu'on marierait
Fabrice à son retour d'Italie ; ce fils
unique ; sans doute, ne quitterait pas
la maison paternelle, et au milieu
de ce nouveau ménage, qui s'éten-
drait plus ou moins, quel rôle jouerait
une étrangère qui ne pouvait au fond

se

se dissimuler sa dépendance, malgré
toutes les délicatesses de l'amitié ;
c'était sans doute , et relativement
à moi, le côté raisonnable de la pro-
position qui m'était faite, car si jamais
mon amie se trouvait contrainte de
m'éloigner d'elle , la maison de ma
mère , qui ne m'eut reçue qu'avec la
dernière répugnance , eut été un
enfer pour moi.

J'étais donc presque entièrement
décidée à rejoindre mon ami, dont
la persévérance me touchait , et que
je reconnaissais pour un des hommes
les plus capables de rendre une
femme heureuse, quand tout à coup
je cessai de recevoir des lettres de
Marseilles.

Deux courriers n'avaient rien
apporté au nom de mademoiselle
Victoire , qui était toujours bonne

fille , et très-empressée à me faire
plaisir.

J'étais si sûre de la tendresse du
comte que je n'imaginai rien autre
chose qu'une maladie subite qui le
mettait hors d'état d'écrire ; je sentis
par cette première inquiétude que
le comte m'était plus cher que je
ne l'avais supposé , et l'esprit très-
tourmenté, je donnai ordre à Victoire,
qui avait des parens , et très-proba-
blement un amoureux à Marseille ,
de savoir ce que faisait le comte , où
il était ; recommandant pourtant
qu'on fit ces démarches à son insu
et avec beaucoup de discrétion.

La réponse , qui arriva sans délai,
fut que le comte se portait à merveille , et qu'il courait la chasse
presque tous les jours.

Je restai anéantie à cette nouvelle ;
car si j'avais craint bien véritable-

ment de le savoir malade, une preuve
si sensible de son refroidissement,
auquel je n'avais donné aucun motif,
me causa le plus sensible chagrin.
Le cœur rempli d'agitation et d'amer-
tume, j'écrivis la lettre la plus vive;
je ne voulais qu'une réponse prompte
et sincère, qui détruisit mon incer-
titude; la simple politesse l'exigeait
de lui; enfin, agitée par tous les sentimens, je pris tous les tons, non-
seulement dans cette lettre, mais
dans vingt autres que le chagrin,
l'impatience et le dépit me firent
écrire; elles restèrent toutes sans
réponse, et le silence que je gardai
à mon tour ne produisit pas plus
d'effet : que de conjectures et d'erreurs je fis à cet égard !

CHAPITRE XV.

J'AURAIS défié la dévote la plus humoriste, la femme la plus laide et la plus fâchée de l'être, la prude la plus attachée à sa réputation, de dire et penser plus de mal que je n'en pensais des hommes à cet époque où le comte me paraissait si perfide et si criminel.

Si un caractère passionné et tendre, comme je le lui avais connu, pouvait tout-à-coup devenir inconstant et léger, aucun autre ne pouvait mériter un instant de confiance et de retour.

Par ma résistance à suivre le comte quand il m'en avait pressée avec tant d'instance et tant de motifs convenables à mes intérêts, j'avais droit à

ce qu'il me donnât au moins quelques
raisons de son changement ; ce silence absolu me paraissait un dessein
positif de m'offenser , et je l'étais
au-delà de tout ce qu'on peut imaginer.

Ce fut dans ce moment , où je
jurais de renoncer pour la vie à l'a-
mour , que Charles eut l'audace et
la maladresse de me déclarer le sien.
Madame de Luzi m'avait reproché
souvent un peu trop de familiarité
avec lui ; mais attribuant à l'origina-
lité et à la tournure de son esprit les
louanges exaltées qu'il me donnait ,
je n'imaginais pas lui avoir donné le
moindre encouragement.

L'obscurité répandue d'ailleurs sur
la naissance , la famille et la fortune
de Charles , le plaçait loin de moi ,
et je n'éprouvais pas pour lui le sentiment qui fait oublier les distances ;

N 3

aussi je reçus sa déclaration avec la
plus grande hauteur , j'osai lui demander à quel titre il espérait m'appartenir , et si , réunissant à lui seul
toute la folie des musiciens et des
peintres , il avait cru voir dans le
monde entier quelque chose qui put
nous rapprocher.

— Je me serais beaucoup trompé
à votre caractère , et à l'expression
de vos yeux, me répondit Charles ,
d'un ton très-piqué , si je devais
croire que c'est à l'hymen seulement
qu'il est réservé de vous rendre
sensible ; vous avez trop d'esprit
pour suivre une route aussi commune, et moi beaucoup trop d'amour
pour ne pas espérer qu'il me sera
possible , avec le tems , de vous
fléchir.

— Le tems ne fait que des infidels
ou des ingrats , lui dis-je avec hu-

meur. — Je ne suis pas Français,
me dit Charles; — Les hommes sont
les mêmes partout. — Charmante
Eugénie, me dit Charles d'un air
malin, avez-vous déjà à vous en
plaindre.

Cette conversation fut suivie de
mille autres, qui me semblaient toujours devoir être la dernière, par la
dureté de mes réponses et de mes
refus; Charles n'en paraissait que
plus épris; il n'y avait aucune attention qu'il n'employât pour me séduire.
Son esprit vif et hardi lui fournissait
mille expressions qui n'étaient qu'à
lui seul, mais tout en s'observant
beaucoup vis à-vis de madame de
Luzi, je le voyais si souvent prêt à
faire des extravagances que j'étais
aussi importunée qu'inquiète de ce
ridicule amour.

Je l'avais souvent menacé d'en

N 4

avertir mon amie , mais j'ai déjà dit
que je la craignais beaucoup , je redoutais qu'elle ne m'accusât d'avoir
donné lieu par mon étourderie à la
témérité de Charles.

Je sentais que cette explication ,
qui sûrement l'eut décidée à le prier
de quitter sa maison , n'eut été un
secret pour personne , et m'eut fait
des ennemies parmi les dames que
nous avions à Verbois.

Ce n'était pas qu'aucunes d'elles
eussent voulu accepter l'hommage
d'un inconnu , qui ne tenait à
rien , mais très-galant avec toutes
les jolies femmes ; il avait persuadé
à toutes celles auprès desquelles il
demeurait , que le respect seul l'empêchait de leur faire connaître toute
sa passion. Chacune d'elles se croyait
l'objet de son adoration secrète ;
il est toujours flatteur d'être adoré

et pénible de reconnaître son erreur.

Je croyais entendre ces dames ,
moins jeunes et moins jolies que
moi , dire avec aigreur : A quoi bon
cet éclat ? fallait-il nous priver des
talens d'un homme qui nous est
agréable , pour venir sottement se
vanter que M. Charles est amoureux
d'elle.

Ou bien a-t-elle peur qu'il ne l'en-
lève ? elle n'a pourtant pas l'air si
farouche , et je parierais bien.....
enfin , tout ce que peuvent dire des
femmes médisantes et jalouses ,
qu'on blâme , dont on plaisante , et
qu'on finit toujours par croire , quel
que soit le motif qui les excite à
parler.

Ces petites considérations m'enga.
geaient à me taire , et Charles en au-
gurait bien.

Un matin qu'il avait osé glisser dans mon sac à ouvrage, et devant tout le monde, une lettre qui m'eut affreusement compromise si madame de Luzi ou tout autre l'eussent remarqué, je crus appercevoir dans cette épître violente, passionnée, et d'un style fort extraordinaire, qu'il avait quelque connaissance de ma liaison avec M. d'Harlem.

Mes soupçons tombèrent tout de suite sur ma pauvre Victoire, et je le lui fis connaître avec sévérité; la pauvre enfant fut si troublée de ma colère, qu'elle tomba évanouie sur-le-champ; je crus voir dans cette forte impression une preuve de son repentir, mais non pas de son innocence, je la secourus, me réservant de l'interroger plus tard et de la traiter avec douceur s'il était vrai qu'elle eut trahi mon secret.

C'était un dimanche que je conçus cette inquiétude, où tous les habitans de Verbois, dévots, croyans ou non, se rendirent pour l'exemple à la messe du château.

On ne s'était pas apperçu sans doute de mon absence ; j'allais me rendre à la chapelle, et j'étais obligée de passer devant la chambre de Charles, quand je m'apperçois qu'elle n'est pas fermée ; je m'assure, en m'approchant jusqu'à l'entrée, qu'il n'y a personne , le secrétaire était ouvert, beaucoup de papiers épars..; un violent soupçon se présente à mon esprit et semble justifier mon indiscrétion ; le cœur me bat, j'approche, et je distingue au premier coup d'œil l'écriture du comte, la mienne ; j'en fais un paquet et je me sauve , plus troublée que si j'eusse été coupable d'un véritable larcin.

CHAPITRE XVI.

QUAND je me sentis assez calme pour procéder à l'examen de mon trésor , je mis en ordre vingt-trois lettres du comte ou de moi , que ce coquin de Charles avait également interceptées.

Que de larmes je versai en relisant celles de mon malheureux ami , qui ne recevant plus depuis trois mois de mes nouvelles , me reprochait avec autant de tendresse que de douleur de l'avoir abandonné.

Le contenu de ces lettres me donnait à connaître que je ne les avais pas toutes en mon pouvoir , et je soupçonnai que ce n'était peut-être pas sans-dessein que Charles m'avait mis à même de les reprendre pour

que je connusse avec certitude que
la connaissance de mon secret me
mettait à sa discrétion, se réservant
d'autres lettres suffisantes pour éclairer madame de Luzi, ou le public
même, selon la vengeance qu'il voudrait tirer de mes refus.

Mon premier devoir fut de consoler
ma pauvre Victoire : je le fis doublement en lui accordant une confiance
entière, et lui disant tout ce que le
hasard venait de me découvrir.

Ce n'était qu'auprès d'elle que j'o-
sais épancher ma douleur, quelle crut
calmer en m'assurant que je retrou-
verais le comte dans les mêmes dispositions dès qu'il connaîtrait l'indigne
moyen qu'on avait pris pour nous
séparer.

Je me hâtai d'écrire quelques lignes
à mon malheureux ami, et dans ce
premier moment où je reconnaissais

tout le chagrin que je lui avais causé, je me sentais disposée à le suivre sans délai ; enfin cette lettre devait combler ses vœux, et ce fut Victoire elle-même qui la porta à la poste voisine.

Il me restait à savoir de quelles ruses Charles s'était servi pour se procurer mes lettres , et indécise encore sur ce que je pouvais accorder à mon ressentiment contre Charles , je commençai à satisfaire ma curiosité.

C'était le fils de la fermière qui portait à la poste une espèce de tire-lire en fer-blanc, où tous les habitans du château déposaient leurs lettres tous les soirs ; cette boîte était fermée avec un cadenas , et madame de Luzi en avait la clef.

Le lendemain , avant que personne fut levé, Jacques partait, et le maître de poste qui avait une semblable clef, ouvrait la boîte et y remettait de son côté toutes les lettres destinées pour Verbois.

Jacques arrivait à l'heure du déjeûner, trouvait tout le monde rassemblé, et la distribution des paquets était publique ; d'après cet ordre de choses, je ne comprenais pas comment Charles avait pu exécuter, et si long-tems avec impunité, son indigne trahison.

Je fis venir Jacques dans mon appartement, et je lui déclarai en présence de Victoire, que s'il ne m'éclaircissait pas à l'instant même de tout ce qui s'était passé à cet égard, je le ferais punir avec la dernière rigueur par son père et par madame de Luzi, qu'il redoutait également.

Jacques était un petit drôle très-décidé, et qui bien payé par Charles, ne voulait convenir de rien ; sa leçon était faite , et on l'avait assuré que je me garderais bien d'avertir mon amie.

Je m'apperçus que c'était à cette idée qu'il devait son assurance , et faisant à Victoire un signe qu'elle comprit à merveille , je lui donnai ordre d'aller la chercher.

Le petit drôle la retint , se mit à pleurer , et me dit enfin que M. Charles Nados l'avait un jour arrêté sur la route en lui disant qu'il voulait reprendre une lettre qu'il avait mise la veille dans la boîte , que ne voyant pas de mal à cela , il y avait consenti , en lui observant toutefois qu'il n'en avait pas la clef.

Mais M. Charles avait pris un petit instrument de fer et avait forcé le couvercle sans qu'il y parût du tout.

Il lui avait ensuite promis six livres

par

par mois , si tous les jours il voulait
le mettre à même de faire cette petite
opération.

Jacques repentant , comme bien
d'autres , parce qu'il était découvert,
m'observait pour sa défense qu'il était
pauvre et qu'il avait craint d'ailleurs
que M. Charles ne trouvât le moyen
de lui faire du tort s'il refusait de le
servir.

Je m'informai si Jacques n'avait
jamais été remarqué de personne
quand il portait la boîte chez Charles ; rassurée à cet égard , je le ren-
voyai en mettant encore un prix à
son silence pour l'avenir ; précaution
qui convenait peut-être à mes intérêts , mais d'où Jacques put conclure
que c'était un assez bon métier que
de mal faire , puisqu'il avait été payé
par M. Charles et par moi.

Agitée de mille réflexions et d'une

Tome II.   O

extrême colère contre Charles , je fus
m'enfoncer dans l'épaisseur du bois ,
pour rêver en liberté au parti que je
devais prendre envers lui ; m'emporter , le menacer de faire connaître
son crime , ne m'eût conduit à rien ;
d'un seul mot il pouvait prouver à
mon amie que je songeais à la quitter
pour jamais , et madame de Luzi qui
avait déjà su se taire sur tant de
choses , ne m'eût de la vie pardonné
un tel projet.

D'ailleurs , ma mère était à Verbois en ce moment. Charles qui avait
fait une jolie cage à sa linotte , et un
beau collier à son chien , jouissait
près d'elle d'une grande faveur.

Le moyen qu'il avait pris pour
surprendre mes secrets aurait trouvé
grace , et le moins qu'il eut pu m'arriver de tout cela , eût été d'être mise
au couvent pour long-tems et peut-
être pour toujours.

Que je maudissais l'éloignement
où j'étais du comte, dont j'attendais
la réponse avec impatience ! mais
aussi quelle idée je me faisais de sa
joie de notre réunion, et combien
je me trouvais heureuse d'être désabusée sur son inconstance.

Cette découverte satisfaisante af-
faiblissait même mon ressentiment
contre Charles, car dans le bonheur
il n'y a pas de place pour la haine,
qui ne serait propre qu'à le troubler.

Charles m'avait suivie, il se trouva
derrière moi avant que j'eusse décidé
quelle conduite je tiendrais avec lui ;
j'étais plus troublée, plus embar-
rassée qu'il ne l'était lui-même ; il
feignit pourtant de m'aborder d'un
air soumis et me dit qu'il venait en
tremblant connaître mes dispositions
à son égard.

Charles s'était tenu caché derrière un très-grand coffre qui était dans le même corridor que sa chambre ; il m'avait vue entrer et emporter mes lettres, car c'était à dessein qu'il en avait mis un certain nombre en mon pouvoir ; il s'était flatté que l'inquiétude et la surprise m'engageraient à l'aller trouver la première et à me rendre à toutes les conditions qu'il voudrait mettre à son silence.

Le moyen n'était pas délicat, mais M. Charles Nados, qui depuis près de quatre mois, faisait bien malgré lui l'amour à l'espagnole, en était venu à un degré de fermentation qui ne lui permettait plus de rien ménager ; les dernières lettres du comte, qu'il avait entre les mains et dont je ne connaissais pas le contenu, lui donnaient d'ailleurs la certitude que nous ne nous réunirions pas.

— Monsieur Charles , lui dis-je , ce n'est pas en se montrant méprisable qu'on obtient l'affection d'une femme , et puisque votre criminelle indiscrétion vous a instruit de l'état de mon cœur , vous connaissez assez bien le comte d'H.... , pour être sûr que ce n'est pas par de semblables procédés qu'il m'aurait séduite.

— J'aurais cru au contraire , me dit-il , que vous daigneriez faire quelques rapprochemens entre lui et moi.

— Avec vous , Charles ! avec vous qui vous permettez de corrompre un jeune enfant pour qu'il vous livre des lettres dont vous violez le secret ! qui osez forcer une boîte avec une adresse... honteuse , et dont le succès n'empêche pas que vous ne deviez rougir...

—Je fais et je justifie tout ce que ma passion exige , et mon heureux rival

ne m'en a-t-il pas donné l'exemple,
puisqu'il trouve très-innocent, très-
raisonnable même d'abandonner sa
femme, son fils, de vous enlever à
votre famille, à vos amis.. ; et quand
ma faute, que je ne désavoue pas ,
peut prévenir un si grand mal, lequel
paraîtrait le plus coupable de nous
deux ?

— Si telle a été votre intention ,
repris-je avec douceur, je conviens
que votre conduite mérite quelqu'indulgence , ne la souillez donc pas
par des motifs indignes et qui lui
rendraient toute sa noirceur ! j'étais
complice du comte, et il ne m'appar-
tient pas de le blâmer , mais rendez-
moi à l'honneur, à la vertu, n'exigez
de moi que ce qu'elle permet , et je
sens que je pourrai encore vous en
remercier un jour.

— Cela serait héroïque , reprit

Charles avec ironie, mais toute pré-
cieuse qu'est l'amitié, elle ne pourrait
payer de si grands sacrifices.

— Je ne saurais vous croire capable de me compromettre, et je vous
estime encore assez pour ne vous pas
craindre.

— De l'estime, de l'amitié, belle
Eugénie... ! en vérité, vous ne m'of-
frez rien qui vaille le bien auquel
j'aspire ; laissons de côté les reproches, les déclamations inutiles, et
croyez moi, capitulons...

— Vous me faites horreur !

— Je conviens que je ne suis pas
d'un physique agréable ; mais ne sa-
vez-vous pas charmante enfant que
la nature dédommage quelquefois
par des talens particuliers, ceux
auxquels elle a refusé les avantages
extérieurs...

— M. Charles, vous pouvez me

perdre, mais je ne m'abaisserai point
à vous solliciter.

— Vous auriez tort, un seul baiser
a bien plus de pouvoir, (et il s'avan-
çait près de moi).

— Si vous osez m'approcher... ,
ah ! plutôt la mort.

— Quand Lucrece tenait ce langage à Turquin , elle n'était pas sur
le point de se faire enlever par un
autre homme.

— Vous abusez indignement de ma
situation ?

— Au contraire, Eugénie , car je
vous laisse tout le tems de changer
d'avis et de revenir à moi ; seulement
pour ne plus perdre en discussions
orageuses des instans dont l'emploi
pourrait être si doux , sachez à quoi
vous en tenir.

Il me reste entre les mains quatre
lettres du comte , je vous proteste
avec

avec serment de vous les remettre
toutes à l'instant où vous daignerez
combler mes vœux ; vous n'aurez à
craindre dans aucun tems les reproches du bien-aimé , car lassé aussi
sans doute d'attendre , il vous instruit dans une belle et touchante
épître , que je pourrai vous communiquer, qu'il passe de l'autre côté du
Rhin. Son émigration a déjà plus d'un
mois ; l'armée est en rase campagne,
et comme il a juré de ne plus vous
écrire , si vous avez jamais de ses
nouvelles, c'est sans doute la renom-
mée qui vous en donnera.

L'impitoyable Charles voyant qu'il
venait de frapper le coup le plus sensible , me laissa seule épuiser ma colère ou ma douleur , qui dans ce
premier moment ne pouvait tourner
à son profit.

Tome II. P

CHAPITRE XVII.

La terrible révolution qui menaçait la France commençait à éclater, et je ne pouvais douter, quoique je n'eusse pas vu les dernières lettres du comte, qu'il n'eût pris le parti que l'honneur paraissait dicter à la noblesse, en renonçant malgré lui à celui que lui avait inspiré l'amour.

Ce moment me jetta dans un découragement absolu; mon indécision à le suivre, que j'avais cru dans le principe, raisonnable et délicate, entraînerait probablement sa perte et la mienne, et quand même il m'eût été possible un jour de l'instruire de ce qui s'était passé à Verbois, il ne me paraissait pas probable que ses intentions ou ses moyens fussent les mêmes.

Je voyais le comte exposé à tous les dangers, maudissant ma mémoire, cherchant la mort, et mourant peut-être sans être désabusé ; cette douleur était inexprimable , je lui demandais pardon comme s'il eut pu m'entendre , je versais des larmes de sang, et quelle que fut ma souffrance, il fallait encore la dévorer en secret et me défendre des affreux projets de Charles , que je haïssais , mais que j'avais peut-être eu tort de traiter sans aucuns ménagemens. Dans le cours de ce pénible entretien, que j'ai beaucoup abrégé , il m'avait expliqué comment il m'avait soupçonnée d'avoir une inclination.

Il voyait arriver sans cesse des lettres de Marseille à l'adresse de Victoire , à laquelle madame de Luzi les

faisait remettre ; cette correspondance si exacte l'avait d'abord un peu
surpris , mais tout en badinant avec
Victoire, il avait découvert que cette
fille ne savait ni lire ni écrire ; de là
à savoir la vérité il n'y avait qu'un
pas , et Charles en levant le cachet
d'une double enveloppe avait vu tous
ses soupçons confirmés.

Je pris d'abord le parti de l'éviter
avec tant d'attention qu'il ne put se
trouver seul avec moi , mais mon
amie qui était toujours fidèle à sa
douleur , et ne trouvait plus de char-
mes à l'épancher dans le sein d'une
femme légère et incapable d'une constance semblable à la sienne , madame
de Luzi , dis-je , ne se plaisait que
dans la solitude , et sous le prétexte
des ouvriers qu'elle avait à surveiller,
elle s'égarait dans la campagne .

ne rentrant guère au château qu'à l'heure du dîner.

Son absence, en laissant à Charles plus de liberté près de moi, me livrait sans cesse à ses persécutions, et je ne sais pas s'il en existe une plus odieuse que les prétentions et les désirs d'un homme qu'on ne peut souffrir.

A toutes les heures, à tous les momens je le trouvais sur mes pas, et la violence de sa passion n'étant réprimée par aucun sentiment de délicatesse et d'éducation, l'amour auquel j'avais dû jusque-là de si doux momens ne se présentait à mes yeux que sous un aspect rebutant, et tel, que je ne me surpris jamais un seul moment la tentation d'y céder.

A la vérité il me fallait sans cesse dissimuler mon aversion, souffrir même quelques caresses qui parais-

P 3

saient appaiser sa frénésie et lui
ôtaient la volonté de me perdre ; je
ne pouvais être plus malheureuse, et
avec moins d'espérance de voir changer mon sort.

J'avais reçu une réponse du libraire
auquel j'adressais mes lettres à Marseille , il me mandait qu'il conservait celle que j'adressais au comte ,
dans l'espérance de la lui remettre
un jour , mais que personne ne savait
positivement où il était.

Madame d'Harlem n'approuvait
pas son émigration , paraissait fort
courroucée contre son mari et re-
tournait chez sa mère ; le pauvre
Théodore était en pension ; enfin
toute cette famille était dispersée et
j'étais trop persuadée que cette entière désunion était mon ouvrage ,
pour ne pas en éprouver les plus vifs
remords.

Cette lettre mit le comble à mon chagrin et ma santé s'altéra tout à fait ; j'avais des maux de nerfs du genre le plus douleureux et mon amie toujours sensible à mes souffrances , résolut de venir passer l'automne à Paris pour me remettre entre les mains d'un médecin justement célèbre pour cette sorte de maladie. Tout annonçait que Charles Nados nous y accompagnerait , et sa présence était un supplice qui eut rendu par tout les remèdes insuffisans.

Heureusement pour moi qu'il s'éleva sur son compte de ces doutes tellement flétrissans , qu'ils rendent à jamais les rapprochemens impossibles.

On avait vu Charles Nados sortir à la pointe du jour d'un petit pavillon que madame de Luzi avait cédé particulièrement à un de ses parens ; ce

P 4

parent s'était déjà plaint de la dispa-
rition de quelques objets précieux ;
il était absent alors et avait seul la
clef du pavillon.

Cependant Charles Nados , qui
probablement savait ouvrir les portes
comme la boîte aux lettres , était vio-
lemment soupçonné ; et son incur-
sion nocturne avait été surprise par
les deux jardiniers du château.

Mon amie m'étonna moins qu'elle
ne le croyait en me confiant cette
nouvelle ; on fit taire les jardiniers ,
on évita tout éclat, mais madame de
Luzi , avec ce ton digne et froid qui
devait être attérant pour un coupable , fit sentir à M. Charles au nom
de quel soupçon on l'invitait à se
retirer promptement.

Quelqu'impudent qu'il fut , il ne
chercha ni à se défendre , ni même
à me revoir ; il disparut à l'instant ,

quitta à ce que je suppose la France,
et je n'en entendis plus parler.

Délivrée du tourment horrible de
voir et de craindre cet homme, j'espérais retrouver la santé, mais j'avais
le moral plus affecté que le physique.

Toute bonne, toute généreuse que
fut mon amie, je sentais le poids de
mes obligations envers elle ; la dépendance réelle de ma position m'hu-
miliait, l'insouciance de mes parens
était chaque jour plus sensible, et
indépendamment des souvenirs douloureux que me laissait le comte
d'Harlem, l'avenir commençait enfin
à m'allarmer et à me montrer assez
clairement l'isolement et le malheur.

Valerie n'était pas plus heureuse
que moi, elle dominait entièrement
ma bonne grand'mère, qui devenue

très - infirme et très - dévote , vivait
dans la retraite et n'osait plus m'aimer. Telle fut pendant quatre mois
ma triste situation ; malade, mélan-
colique , découragée , me regardant
comme le jouet des circonstances ,
qui prononcerait sur ma destinée, et
ne pouvant sortir de cet état languis-
sant que par la puissance de l'amour ,
qui se chargea en effet de me rendre
à la vie.

CHAPITRE XVIII.

Le médecin pour lequel nous étions revenus avant l'hiver à Paris, n'y était justement pas quand nous y arrivâmes ; il faisait un voyage en Suisse, dont il était originaire, et prévenue très-favorablement pour lui, je ne voulus pas absolument en consulter un autre.

Des maux de tête inouis, des évanouissemens fréquens, tel était mon état ; qui ne donnant pourtant pas d'inquiétude pour ma vie, me permettait d'attendre son retour.

M. Frégis revint et madame de Luzi se hâta de m'y conduire.

Ce que j'éprouvai dès cette première visite me paraît si étrange à moi-même, que j'hésite à l'expliquer,

car je n'ai jamais cru à la sympathie,
aux mouvemens irrésistibles , mais
tout ce qui m'arriva pendant plusieurs années , et à dater de cette
époque , soit des règles ordinaires ,
et ne peut être lu avec confiance
que de ceux qui savent que le cœur
de l'homme est un tissu d'inconséquences , où la nature ne peut souvent se reconnaître dans ses écarts.

J'arrive donc au fait et je dois
avouer que la passion que m'inspira
M. Frégis fut l'ouvrage du premier
moment , et ne dépendit pas même
du mérite que je lui reconnus depuis.

Enfin , ce fut un de ces traits de
folie dont il faut accuser le destin ,
faute de pouvoir le justifier autre-
ment.

M. Frégis n'était pas à beaucoup
d'égards un médecin ordinaire ; il

tenait à une famille très-honorable
dans son pays, avait de la fortune et
ne recevait aucuns honoraires de ses
malades, qu'à la vérité il n'allait voir
que dans des cas extraordinaires.

Il les recevait chez lui et ne trai-
tait habituellement que les maladies
de nerfs, qu'il avait particulièrement
étudiées , et sur lesquelles il avait
écrit d'une manière si savante et si
modeste, qu'il avait établi sa réputation sans se faire d'ennemis dans la
faculté ; ce qui prouvait un double
talent.

Du reste, le docteur Frégis avait
trente-deux à trente-trois ans, une
figure douce, spirituelle, mais peu
remarquable au premier abord ; sa
sensibilité était excessive , et les
femmes surtout dans leurs souffrances, comme dans leurs chagrins, lui
inspiraient le plus vif intérêt.

C'était spécialement le désir de leur être utile qui avait déterminé son goût pour un état qu'il professait sans ostentation, sans intrigue, sans utilité pour sa fortune , et pour le seul avantage de l'humanité.

C'était peut-être à la connaissance que j'avais d'avance de ce caractère sensible et généreux , que je dus l'exaltation de mes premiers sentimens à son égard ; mais quand il promit à madame de Luzi , avec son air doux et timide , de me donner tous ses soins , de me voir tous les jours si mon état l'exigeait, quelque chose d'indéfinissable se passait dans mon ame , et j'aurais déjà pu lui dire avec sincérité : *l'amour le plus vif sera le prix de vos peines* , car ma maladie était dès lors bien moins dangereuse que mon médecin.

CHAPITRE XIX.

Le docteur Fregis demeurait très-
loin de chez mad. de Luzi ; mais mon
amie avait des chevaux qu'elle fati-
guait peu , sortant rarement elle-
même.

Elle me permit de m'en servir toutes
les fois que je voudrais voir mon médecin, et bientôt je le voulus presque
tous les jours.

Je donnais pour prétexte de ces
fréquentes visites , qui n'amenèrent
pas d'abord de changemens bien sensibles à ma santé, la distraction que
me donnait ces petits voyages; et ,
mon amie , toujours disposée à se
tromper sur les dispositions de mon
ame , remarquait que ma mélancolie

se dissipait de jour en jour, mais l'attribuait à mon rétablissement.

Mon jeune docteur n'avait pas eu de peine à deviner que le chagrin avait essentiellement altéré ma santé, il m'interrogeait avec le plus de discrétion possible, et j'éprouvais avec lui une timidité presqu'insurmontable.

Pourtant l'habitude de nous voir, cette affection si douce avec laquelle il me recevait tous les jours, amenèrent par degrés une entière confiance. Je ne lui cachai point ma liaison avec le comte, les projets que nous avions eu, la perfidie qui nous avait séparés ; enfin, me livrant à un épanchement qui m'était devenu bien nécessaire, je lui dis que je ne tenais plus à rien sur la terre, étant isolée au milieu du monde ; je lui avouai que je m'étonnais de ne plus avoir aucun empire sur mon propre cœur;

que

que je le sentais de nouveau au pouvoir de l'amour, et pour un être aussi
éloigné de connaître mes sentimens
comme d'y répondre. Voilà ma destinée, lui dis-je, la raison est toujours
en contradiction avec mon choix, je
n'aime que pour souffrir, et je ne
puis vivre sans aimer.

Des larmes amières sillonnaient
mon visage pendant que je faisais à
Frégis cet aveu, échappé à ma sincérité; il ne m'était pas seulement
venu à l'esprit qu'il put pénétrer plus
avant dans ma pensée, dont je con-
venais à peine avec moi-même, et
dont je me croyais surtout très sûre
de ne jamais convenir avec lui.

Pourquoi, me dit Frégis, doutez-
vous d'être aimée de l'être assez heureux pour vous être cher? Cette question m'étonna, me troubla autant
que si je n'eusse pas dû m'y attendre;

Tome II.   Q

je rougis, je balbutiai que j'étais sans fortune et destinée au malheur....

— Votre nom, Eugénie, est le moindre de vos avantages ; votre charmante figure, votre amie sensible surtout ne peuvent être connus, sans promettre le bonheur à celui qui pourra les intéresser ; mais Eugénie, ma charmante amie, vous êtes plus heureuse que moi, vous osez vous plaindre..., et moi qui suis sensible, moi qui aime aussi avec idolâtrie, je dois ensévelir ce fatal secret jusqu'au fond de mon cœur.

— Vous aimez aussi, Frégis ! et je me sentis pâlir, un nuage s'étendit sur mes yeux, je ne distinguais plus rien autour de moi.

Frégis s'apperçut avec la plus extrême surprise de mon état. Il me fit respirer des sels...., et je remarquai qu'en m'approchant ses mains trem-

blaient.... Notre embarras était réci-
proque.... Je voulais parler pour dissimuler le mien, et je lui dis à voix
basse: — Frégis, vous me ferez aussi
connaître vos chagrins ?

— A vous, chère Eugénie, ah !
jamais ! jamais !...... vous devez les
ignorer.

— La confiance vous soulagerait ?

— Le respect me le défend.

— Les soins que vous me donnez
depuis plusieurs mois, avec un intérêt dont je ne puis être assez reconnaissante, ont dû établir une entière
franchise entre nous ; je vous en ai
donné l'exemple......, Frégis, ne
suis-je donc pas votre amie. ...?

— Eugénie......, ma famille est
honnête, et j'espère que l'état que
j'exerce ne m'abaisse point à vos
yeux ; mais je n'en connais pas moins
l'inégalité que le rang et l'opinion

Q 2

mettent entre nous. — Oh ! je la dé-
teste, Frégis, si c'est elle qui vous
éloigne de moi !

— Ce propos, si positif, m'était
échappé involontairement, mais il
avait été entendu, saisi avec une joie,
une émotion si vraie, si vive, qu'il
m'était impossible de le regretter.
Frégis embrassait mes genoux, n'osait
croire à son bonheur, et me parlait
de son amour avec tant de délicatesse
et de respect que je passai du plus
grand abattement au comble de la félicité.

— Ma chère Eugénie, me dit il,
prenez garde d'être trompée par votre
sensibilité, et ne vous exposez point
en acceptant un nom bien moins
beau que le vôtre, à regretter un jour
le sacrifice que vous paraissez disposée à me faire aujourd'hui. Les préjugés naissent avec nous ; l'exemple

et l'éducation les fortifient, il est rare
que la philosophie en triomphe. La
passion seule a cet empire, et quand
elle s'affaiblit on se retrouve les
mêmes faiblesses, avec le regret de
les avoir combattues.

— Mon ami, ce n'est pas du monde
que j'attends mon bonheur, et quoique jeune encore, je suis désabusée
de bien des illusions : la seule crainte
qui puisse m'occuper serait au contraire le blâme de votre famille, moins
désintéressée sans doute que vous.

— J'ai quinze mille livres de rente,
me dit-il, cette fortune est bornée,
mais elle est suffisante ; si la sévérité
inattendue de mon père, une nom-
breuse famille...., les désirs de ma
compagne venaient à augmenter mes
besoins par la suite, je ne rougirais
point de remplir ma profession avec
utilité ; j'aurais pour mon épouse

l'ambition et le courage que je n'ai point eu pour moi-même. Dites, mon amie, m'en estimeriez-vous moins ?

Je rassurai Frégis à cet égard, et j'acceptai l'offre pressante qu'il me fit d'écrire tout de suite à son père, qu'il respectait et dont il souhaitait le consentement.

J'étais sûre de mon côté de ne point trouver d'opposition dans ma famille ; mon père, entièrement ruiné, ne pouvant me donner de dot, ni même se charger de moi, ne pouvait orgueilleusement refuser l'alliance d'un homme qui, sans être titré, était bien né, très-estimable, et fort avantageusement connu. Dailleurs, la révolution, alors dans sa naissance, faisait pressentir combien la noblesse aurait de sacrifices à faire. Cette circonstance, si malheureuse d'ailleurs, se trouvait au moins favorable à mon amour. Je quittai le docteur à l'heure accoutumée. Je rapportais en moi-même un sentiment de bonheur indéfinissable, et la réflexion même ne pouvait que l'augmenter.

Pour la première fois, Frégis osa me donner un baiser ; mais avec cette décence , cette réserve, qui peignaient dans toutes les occasions son caractère.

Nous devions nous revoir le lendemain, et j'éprouvais, même auprès de lui, le besoin d'être seule et de songer avec plus de calme à ma nouvelle situation.

Fin du tome second.